U0775431

勇敢的船长

〔英〕鲁德亚德·吉卜林／著
王晓敏／编译

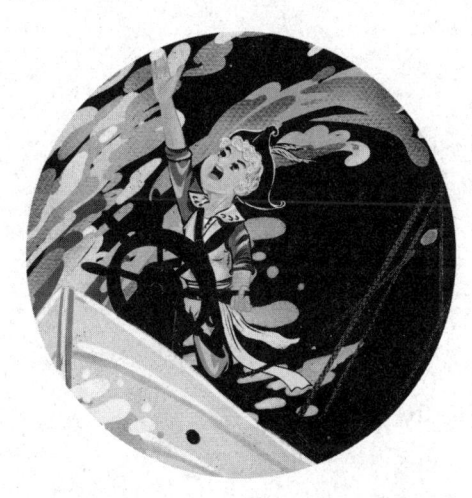

图书在版编目（CIP）数据

勇敢的船长 /（英）鲁德亚德·吉卜林著；王晓敏编译. -- 北京：海豚出版社，2025.6. --（诺贝尔文学奖作品精选）. -- ISBN 978-7-5110-7332-7

Ⅰ．I561.84

中国国家版本馆CIP数据核字第20252KE829号

勇敢的船长

（英）鲁德亚德·吉卜林　著　王晓敏　编译

出 版 人	王　磊
责任编辑	熊　隽
文字编辑	台文娟
特约编辑	许慧莲
封面设计	宋双成　顾翔宇
责任印制	蔡　丽
法律顾问	北京市君泽君律师事务所　马慧娟　刘爱珍
出　　版	海豚出版社
地　　址	北京市西城区百万庄大街24号
邮　　编	100037
电　　话	010-68325006（销售）　010-68996147（总编室）
印　　刷	天津泰宇印务有限公司
经　　销	全国新华书店及各大网络书店
开　　本	710 mm×1000 mm　1/16
印　　张	11
字　　数	125千
版　　次	2025年6月第1版　2025年6月第1次印刷
标准书号	ISBN 978-7-5110-7332-7
定　　价	39.80元

版权所有，侵权必究

如有缺页、倒页、脱页等印装质量问题，请拨打服务热线：0874-3367718

开篇语

　　书，是作者思想的衍生品，也是作者与读者进行情感交流的媒介。一本好书就像一艘船的船帆，既可以让我们的生活充满动力，又可以调整我们人生的航向。希望本书也可以像船帆一样，带领你在文学的海洋中找到属于自己的航向。

　　本书共收录了英国诺贝尔文学奖获得者鲁德亚德·吉卜林的一篇小说和十七首诗歌，小说的情节构思非常巧妙，人物性格也各具特色；诗歌深邃和富有哲理的语言极具艺术感染力。

　　《勇敢的船长》是1897年出版的中篇小说，讲述了富翁的儿子哈维因晕船掉入海中，被一艘渔船救起后，在渔船上打杂，历练成为一名优秀水手的故事。

　　故事的主人公哈维是一个成长型角色，不同时期的性格特点对比鲜明。前期的哈维是一个自尊心极强、嚣张懒散、蛮横无理的男孩，他优越的生活条件以及别人对他的尊重都因为他有一位富有的父亲。当父亲的财富光环消失，他一夜之间从富家子弟变成渔船上的杂工时，他的性格发生了转变。这种转变是需要勇气的，但他不畏惧身份的改变，

也不畏惧融入新的环境、尝试新鲜事物。他认真学习每一位水手教给自己的经验，努力完成船长交给自己的任务。渐渐地，他靠智慧与勤奋得到了许多人的认可，转变后的哈维成了一位谦卑有礼、勤劳勇敢且志向远大的水手，是一位可以为自己的生命之旅掌舵的"船长"。

除了对人物角色的塑造，吉卜林对海上环境、渔民生活的细致描写也非常耐人寻味，在阅读过程中，读者不仅能身临其境地感受到水手这份工作的快乐与艰辛，还能体会到作者对底层人民的尊重以及对大自然的敬畏。

作者想通过这个故事，向读者传达勇敢和乐观、自信的优秀品质。我们在成长的过程中，常常会经历挫折与失败，如果我们害怕它们，做事时就会瞻前顾后，不敢相信自己能把事情做好，也不敢去为失败承担风险。相反，如果我们勇敢地面对它们，以积极、乐观的心态去接受人生中每一次挑战，那么我们一定会像哈维一样，从幼稚的孩童迅速成长为顶天立地的大人。

如果说小说是吉卜林描绘命运航程的巨幅油画，诗歌则是他勾勒生命痕迹的精妙图景。吉卜林的诗歌不仅具有文学价值，还具有思想深度。他通过诗歌表达了对生命的热爱、对真理的追求、对人类命运的关怀。每一首诗都是他心灵的独白，也是他与世界的对话。

《倘若》无疑是吉卜林诗歌中的经典之作，"倘若众人皆已昏聩，独责于你，而你依然清醒，守住方寸……强令心力、神经、筋骨，在它们枯竭后，仍为你效力……你将成为真正之人！"这些诗句，是穿越迷雾的灯塔，为在人生的大海中颠簸的航行者指明航向。《银鬃之舞》

中奔腾的"亿万枚光洁的蹄铁",《矛盾》里马车与汽车的时代交响,无不体现出吉卜林对力量、变革与生命律动的敏锐捕捉。其语言如深海般幽远、深邃而富有张力,充满象征与隐喻,将哲思熔铸于具象的事物之中。

本书没有严肃的说教,也没有枯燥的大道理,寓教于乐正是本书的优点所在。我相信,看完这本书后,总有一个故事、一首诗能让你回味无穷,受益匪浅。请你带着对成长、对人性的思考或感悟阅读这本书吧,期待这本书能陪伴你度过一段美好的时光。

| 第一部分　勇敢的船长

第一章 / 001

第二章 / 013

第三章 / 022

第四章 / 038

第五章 / 048

第六章 / 061

第七章 / 081

第八章 / 096

第二部分　诗歌集

1. 深海之索 / 107

2. 海夫人 / 109

3. "特雷德潜艇" / 112

4. 钢铁的箴言 / 114

5. 故人 / 117

6. 风暴中的歌 / 119

7. 倘若 / 122

8. 银鬃之舞 / 124

9. 特鲁·托马斯的最后一曲 / 129

10. 战争墓志铭 / 139

11. 手艺人 / 151

12. 吉芬的债务 / 153

13. 当世界的最后一幅肖像被描绘 / 155

14. 毛茸茸战士 / 156

15. 创造者 / 160

16. 矛盾 / 162

17. 一个孩子的花园 / 164

第一部分 勇敢的船长

第一章

在北太平洋上,一艘大船在迷雾中前行,为了防止和周围的渔船发生碰撞,舵手一直在鸣笛警告。吸烟室里,有几个人正在闲聊。

"那个叫哈维的男孩真是船上的大麻烦。"一个穿着大衣的男人说完后用力地关上门离开了。

一个满头白发的德国人伸手去拿三明治,边吃边嘀咕:"哦,我知道你说的那个男孩!在美国,到处都是这样的男孩,不必惊讶。"

"他其实挺可怜的。"一个来自纽约的男子轻声说,他在潮湿的天窗下躺着,"从小时候起,他父母就经常把他从一家旅馆带到另一家旅馆。我今天早上还和他妈妈谈话来着,我听说这个孩子准备去欧洲上学。他妈妈是一位可爱的女士,虽然她从不偏袒自己的孩子,但也不对孩子严加管教。"

"学业还没开始。"一个缩在角落里的费城人说,"听说他现在还没满十六岁,每个月已经有两百美元的零用钱了。"

"他的父亲就是修建铁路的切尼先生,对吗?"德国人说。

"是的。他父亲还有矿山、木材和运输等产业。"费城人懒洋洋地坐了起来,"他拥有六条铁路,太平洋沿岸有一半的木材生意都归他经营。他挣的钱都给他夫人花,我猜她在世界各地已经玩腻了,这孩子对各地旅馆的熟悉程度远胜过他的学业。"

"如果他父亲亲自来照顾他会怎样呢?"一个穿着毛绒大衣的人问。

"那个孩子其实挺聪明的,如果认真观察,还是能看到他身上的优点的。他父亲不亲自教育他,几年后应该就会感到后悔了。他妈妈带着他到处乱逛,让他变得像二级旅馆里的小服务生一样油嘴滑舌,真令人头疼。"

就在这时,门"砰"的一下打开了,一个十五岁左右的男孩走了进来,嘴边还叼着半支烟,眼神中透露着不屑。他的脸色有些发黄,看起来和年龄不太相符,他的眼珠子快速地扫过每一个角落,眼神中有着一股小聪明劲儿。男孩戴着一顶红色的帽子,穿着樱桃红的帽衫和灯笼裤,脚上是一双运动鞋。他很大声地对大家说:"嘿,你们听见周围渔船的汽笛声了吗?它们真是太吵了,要我说,直接撞翻它们岂不是更好玩?"

"哈维!把门关上!"纽约人说,"请你出去并且把门关上,这里不欢迎你!"

"谁能阻止我待在这里?"他问道,"请问是你付了我在船上的全部费用吗,马丁先生?我想我有权利待在这艘船上的任何一个地

方吧!"

他边说边捡起桌上的几个骰子玩了起来。

"难道你们不觉得无聊吗？有人要一起打扑克吗？"

没有人愿意搭理他，不过他也无所谓，他先是吐出一口烟雾，然后用脏手拍了拍桌子，随后从包里掏出一沓钱，漫不经心地数了起来。

"哈维，你妈妈怎么样了？她还好吗？"一个男人说，"午餐时我没看见她。"

"我想她在头等舱里休息吧，她一到船上就会感到不舒服。我给了服务员十五美元帮我照顾她。这样就不关我什么事了，我就能痛快地在船上玩了。"

"噢，哈维，难道不是因为你自己也晕船，所以不能照顾她？"旁边一个人讽刺地说。

"先生，这怎么可能呢？虽然这是我第一次在海上航行，但除了第一天登船时有些不适，之后我再也没有感到过任何不舒服。"哈维炫耀完，又接着数他的钞票。

"噢，这样一说，你还挺厉害的呢。"费城人在一旁说，"说不定未来你还会是国家的'栋梁'呢。"

"那是当然！我的烟没了，你们谁身上还有正宗的土耳其香烟吗？我可不想抽服务员卖的那些廉价香烟。"他的烟灭了，他把烟头吐到地上问。

哈维话音刚落，面色红润的轮机长笑着走了进来，外面的大雾打湿了他的衣服。

"嗨，麦克。"哈维兴奋地说，"你想好怎么撞那些渔船了吗？"

"你的行事作风还是那么莽撞。"轮机长严肃地回答，"哈维，想买上等烟不是什么难事，但年轻人应该先学会如何尊敬地和长辈说话，这很重要，在场的可都算是你的长辈。"

这时，一个坐在角落里的德国男人打开自己的香烟盒子，拿出一支黑色的香烟递给哈维。他说："我这个烟可是上等货。你试试。"

哈维毫不犹豫地接过香烟点燃，猛吸了一口，装作大人的语气说："嗯，不错，看来我适合抽这样的烟。"

哈维没有意识到，他现在抽的"飞轮牌"香烟，其实是一个廉价的牌子，并且后劲儿十足。

"哈哈，这个嘛，我想用不了多久我们就能知道答案了。"德国人说，然后他转身问轮机长，"麦克·唐纳先生，我们这是到哪儿了？"

"斯切弗先生，我们一直在大浅滩附近的海域里绕圈呢。到现在，我们已经和三条渔船擦身而过，还差点儿撞到一根法国人帆船上的桅杆。不过在这种大雾天气里，已经算比较顺利了。"

大家都没注意到哈维。德国人问："你还喜欢我的香烟吗？"听到他的话，大家才看到哈维被呛得直流眼泪。

"还挺不错的！"哈维艰难地从嘴里挤出这几个字，"我怎么感觉船行驶得越来越慢了呢？我要去外面看看测程仪！"说着他就推开吸烟室的门去了甲板。

哈维想走上甲板，靠着栏杆呼吸一下新鲜的空气，他感到难受极了。他看见一个服务员正在收拾椅子，哈维想起来，他之前在这个人面前说他从来不晕船。在自尊心的驱使下，他只好硬着头皮走向船尾的二等舱，二等舱的尽头是一块鲸背形甲板。这时，甲板上空无一人，当他走到尽头处的旗杆那儿时，便感到浑身无力。他听到周围传来了海浪声和螺旋桨发出的嘎嘎声，这些声音让他更加难受了。

过了一会儿，哈维觉得头疼欲裂，眼冒金星。他强迫自己从甲板上爬起来，但他站起来时感到头晕得更厉害了，完全没办法在海风中站稳。突然，轮船毫无征兆地颠簸了一下，哈维的身体跟着摇晃起来，随后竟然翻到了栏杆外面，摔在了鲸背形甲板的边缘。甲板的边缘很平滑，还没等哈维反应过来，一道不算太高的灰色海浪席卷过来，这道大浪就像一个巨人的手臂，将哈维从船上拽到了海里。哈维都来不及挣扎一下就失去了意识，很快，他就完全被海水淹没了。

哈维再次醒来时，正躺在一堆奄奄一息的鱼身上。远处传来了一阵熟悉的号角声，暑期在阿迪朗达克上学的时候经常能够听到这种声音。哈维原本以为自己肯定会淹死在海里，庆幸的是，现在他还能呼吸到新鲜的空气。一阵冷风吹过，他打了个激灵，这才发现一个穿着蓝色外套的人背对着他，站在前面。

"不好！"他想，"我一定是已经死了。"

听到哈维的呻吟后，那个人慢慢地转过身来，一对金耳环从他的黑色卷发中露了出来。

"哦，你觉得好些了吗？"那个人关心地问，"你现在还不能动，继续躺着吧，我会尽力让船不那么颠簸。"

这时他加大了马力，一个浪峰冲上了船头，船大概被掀起了六七米高，然后又落下，但这并不影响这个人说话："我开船的技术怎么样？还不错吧？你之前坐的那艘大轮船根本不可能追得上我们，对了，你是怎么掉进海里的呢？"

"我晕船了。"哈维说，"一不小心就从船上摔了下去。"

"那个时候我正在吹号角，看到你们的船有些偏航，紧接着就看见你掉进海里。我当时还担心你会被螺旋桨搅成肉泥呢，没想到你竟然漂到了我的船边。然后我就像捞鱼一样把你打捞上来了。这样一想，你的命还真大呢！"那人把救起他的过程简单地告诉了哈维。

"我这是在哪儿？"哈维问，他感觉他躺在这里也不太安全。

"你在我的小船上。我叫玛纽尔，来自格洛斯特，在一艘叫'海上号'的船上工作。对了，你一定饿坏了吧，再过一会儿就开饭了。"说完他继续吹号角。他的身体随着船不停地摇晃，号角声随着大雾飘向遥远的海岸。

他似乎用两只手抱着号角，那个号角由一个很大的海螺壳制成，他经常换着调子吹，号角声时而深沉柔和，时而尖厉刺耳。哈维不记得他这样自娱自乐了多长时间，他在号角声中睡着了。梦里他听到了枪声、喇叭声和喊叫声，同时还有几个人的讲话声。接着他感觉自己掉进了一个黑暗的无底洞，一个男人给他喝了些热饮料，帮他脱下湿衣服，然后他就舒服地睡着了。

他醒来时刚好听到双桅船上的第一声早餐铃响，他很奇怪自己的房间什么时候变得这么小了。他翻了个身，看见了一个狭窄的三角形小房间，一盏灯挂在一根巨大的方木梁上，在伸手可及的地方还有一张三角桌,从船头一直延伸到前桅。在一个保养得很好的普利茅斯火炉后面,坐着一个和他年纪差不多的男孩,男孩长着平平的五官和红红的脸颊、一双闪亮的灰色眼睛,穿着一件蓝色的运动衫和一双高帮橡胶靴。地上放着几双同样的靴子,还有一顶旧帽子和几双破羊毛袜,黑色和黄色的油布雨衣在床旁边晃来晃去。这个地方充满了一种像棉花一样的味道,让人情不自禁地想到油炸鱼、烧焦的油脂、油漆、胡椒和变质的烟草的气味。但是,这些味道还混合着一种船舱特有的味道和海水的咸腥味。哈维看到他的床上没有床单,觉得很恶心,他的被子也是一块脏兮兮的、皱皱巴巴的破布。哈维还注意到这艘船和他之前坐的大船截然不同,这艘船就像是脱缰的野马一样到处乱撞。大海的声音在他耳边回响着,他绝望地哼了一声,这时,他想起了自己的母亲。

"你感觉好些了吗?"那个男孩笑着问他,"要喝一杯咖啡吗?"他端着满满一杯加了糖的速溶咖啡走过来。

"这里面没有加奶吗?"哈维一边说着,一边环顾四周,那样子像是想在船舱里找到一头奶牛。

"对不起,没有加奶。"男孩说,"大概要到九月中才会有牛奶,这是我自己做的咖啡,味道还不错,你试试看吧。"

哈维接过来默默地喝着咖啡,男孩又递给他一盘煎好的猪肉,哈维实在饿极了,大口大口地吃了起来。

"我把你的衣服烤干了,不过它有一些缩水。"男孩说,"那些衣服看起来很时髦,没有一件像我平常穿的衣服。差点儿忘了,你转过身去让我看看你有没有受伤吧。"

哈维将身体的每个部位都展示了一遍,没有发现受伤的地方。

"太好了!"那个男孩真诚地说,"你去甲板上吧,我爸爸想见你。对了,自我介绍一下,我叫丹,是个帮厨。这里以前还有一个荷兰男孩,他叫奥托,大概二十岁,是负责干杂活儿的,不久前他掉到海里淹死了,所以船上现在就只剩下我一个孩子了。对了,你是怎么掉进海里的呢?"

"当时风浪特别大,加上我又晕船,所以就掉下去了。"哈维辩解道。

"昨天都是一些小风小浪,不过也对,这些小风小浪在你眼里算得上很大了!"丹说完便吹了一声口哨,"你以后就会明白了。没受伤的话,穿上衣服去甲板吧,我老爸在等你。"

哈维并不想听话,立刻反驳道:"为什么不让他来我这里呢!而且我需要他立刻将我送到纽约去。我爸爸很有钱,到时候我会让我爸爸给他一大笔钱。"

丹被哈维的回答吓了一跳,冲着甲板舱口喊道:"老爸,你听到了吗?他说让你来见他。"

"别听他乱说,还是让他到我这里来吧。"一个铿锵有力的声音回答道。

丹将已经泡得变形的运动鞋扔给哈维,哈维气呼呼地穿上鞋子,爬上可以上到甲板的梯子,一路上哈维差点儿被各种杂物绊倒。等他艰难地爬上梯顶,一抬头就看见了一个矮墩墩的壮汉站在那里。

哈维走上前去打量着壮汉。

"小伙子，你睡的时间可真长。"壮汉先打了个招呼。

"你好！"哈维冷漠地回答，他现在更希望听到一些安慰的话。

"能告诉我你叫什么吗？从哪儿来的？要去哪里？"壮汉显然不相信哈维来自纽约。

哈维立刻说出了自己的名字和乘坐的大班轮的名字，并说明了自己落水的缘由。最后他要求壮汉立刻送自己回纽约，还说会让爸爸好好酬谢他。

可惜，壮汉对哈维的话并不感兴趣，很显然，他一点儿都不相信，"你不觉得用晕船当借口很好笑吗？我是不会因为孩子开的玩笑而改变航线的。"

"什么！玩笑？"哈维生气地吼道，"你认为我从轮船上掉进海里，然后到你这艘破船上，就是为了跟你开玩笑的吗？"

"年轻人，我不管你开没开玩笑，但我警告你不要看不起我的船，是这艘船救了你！另外，我是来自格洛斯特的'海上号'的船长狄斯科·特鲁普。"

"就算是又怎样，我劝你还是送我去纽约，你会得到很多钱的。"

"什么？"特鲁普怀疑地问。

"告诉你，我是大富豪切尼的独生子！"哈维得意地说道。

"不好意思，没听说过。"特鲁普面无表情地说。

"那是你见识少！不管怎样，快掉头回纽约。"哈维从未想过有人会不知道他父亲的名号。

"够了，我是不会去纽约的。大约九月份，我会去东岬角，到时可以的话，你让你爸爸给我十美元就好了。"

"十美元？你等下。"哈维想到自己口袋里有钞票，就伸手去掏，结果掏出了一包被海水泡过的香烟。

"你是想用这个作为酬劳吗？这个对肺不好，还是扔到海里去吧。"

"天哪！我的一百三十四美元被偷了！你快把钱还给我！"哈维理直气壮地向特鲁普伸出手。

"你是说你随身携带了一百三十四美元？"特鲁普的表情有了些奇妙的变化。

"当然，那是我一个月的零花钱。"哈维心想，这么多钱一定会吓特鲁普一跳。

"看样子你一定是从大班轮上掉下来的时候撞到了头。哎，小小年纪就变成这样，真可怜。你以后不要提钱的事情了。"

"就是你把我的钱偷走的，你心虚才会这么说！"

"算了，随便你怎么说吧！"特鲁普摇摇头说，"如果我们运气好的话，九月份就能在某片海域靠岸。"

"现在才五月份，你不能因为要捕鱼就把我困在这里。我还有很多事情要做。"

"你以后就帮我儿子丹十活儿吧，等航行结束，我会按照每个月十美元五十美分的标准支付你工钱。"特鲁普笑着道。

"什么？！你不会让我刷碗、洗盘子吧？"哈维说。

"除了刷碗和洗盘子,还有别的事情。"

"不!我不会干的!"哈维气得跺脚,"我说过,只要你把我送到纽约,我会让我爸爸付你很多钱,我爸爸甚至能把你的破船买下来。而且你不是已经偷走我一百三十四美元了吗?"

"够了!我对你已经仁至义尽了。我对得起我的良心。"特鲁普气愤地说。

丹听到爸爸和哈维的争吵声,悄悄地走过来拽了一下哈维说:"他是不会偷东西的。"

"不!我偏要说!我要去纽约,不然……"他不记得后面的事了,只记得他倒了下去,鼻子里不停地流血。

"丹,看来他脑子真的出了问题,你要好好照顾他,他也挺可怜的。"说完特鲁普就走进船舱和上了年纪的水手一起休息去了。

第二章

特鲁普回到船舱后,丹依然很生气。

"你看你,把我爸都惹生气了,他平时不是那种随便生气的人。"丹小声说。

"明明就是他不对,我留下来能干什么?"哈维闷声说。

"是你不对,你居然怀疑我爸爸偷了钱,他永远不会这么做的。"丹反驳道。

"我说的都是真的,像你们这种船,我爸爸一星期就能买一艘。他是靠金矿赚钱的,我爸爸的财产可不止一百万,别人都叫他千万富翁。他至少有两列私人火车,一列以我的名字命名,另一列以我妈妈的名字命名。"哈维振振有词地说。

"等等,你敢对天发誓吗?如果说谎,不得好死!"丹半信半疑地说。

"当然!如果我说谎,就让我不得好死。"哈维立刻说了出来。

丹是个聪明的孩子，经过这次交谈，他认为哈维说的是真的。哈维与丹聊了一段时间，他不仅获得了丹的信任，还渐渐地清醒了。一想到是丹的爸爸救了他，而自己还说出那样的话，心里有些愧疚，于是他对丹说："看来我错怪你们了，你爸爸现在在哪里？"

"他在船舱，你要做什么？"

"一会儿你就知道了。"哈维说完便往船舱的方向走去。

特鲁普手里拿着铅笔，正在笔记本上记着什么，还时不时像小孩子一样咬一下笔头。

"你怎么来了？你是不是骂了丹一顿？"特鲁普探着头说。

"不，我是来道歉的。"哈维快速地说。

"知道主动道歉，看来你是个好孩子，以后会成为一个顶天立地的男子汉。你放心，我不会跟你斤斤计较的，希望你能适应船上的生活。"特鲁普为哈维态度的转变感到高兴。

哈维面红耳赤地回到了甲板，丹突然对哈维说："你是幸运的。"

"我怎么感觉不到呢？"哈维说。

"我不是指刚刚发生的事，我是说'海上号'有了新伙伴！"

"走吧，现在我们必须去干活儿了。"

"那里面都是空的，有什么活儿可干？"哈维满是疑惑。

"别急，等下就会装满鱼了！"丹满怀期待地说。

"你是说把活鱼放在这里面？"

"当然不是，鱼捞上来就快死了，为了方便保存，我们要把它们清理干净并用盐腌好。盐就在储藏室里面，足足有一百桶。"

"可是鱼在哪儿呢？"

"当然在大海里了，昨天咱们一共就捞上来四十多条。"

丹指着甲板前面围栏状的东西说："真希望今晚能把它装满。不过，要真是这样，我们应该得忙到很晚。"

"快来看，他们回来了！"丹指着海面上的几艘平底船。

"看起来收获不错！你看玛纽尔的船只露出水面一点儿，估计满得连一条鱼都装不下了。"

"船在哪儿呢？我怎么看不到？"

"最南边那条就是他的船，昨晚就是玛纽尔第一个发现你的，他是个葡萄牙人。他东边的那条船上是个宾夕法尼亚人，他的划船技术很糟糕。再往东那条船上是朗·杰克，他是加洛维人，船技很好。北边那条船上的人是汤姆·普拉特，他以前是水兵，虽然平日不怎么爱说话，但是他喜欢唱歌，而且他捕鱼的运气一直很好。"

就在这时，哈维听到一阵悦耳的歌声。

"快看！后面那条蓝色的船是我伯伯索特斯的船，我看他划船的姿势有气无力的，肯定是被蜇到了。"

"被什么东西蜇到的？"哈维一下子来了兴趣。

"海里那些长得像草莓、柠檬、南瓜之类的海草呗。我们要赶快准备好滑轮车，等下要把他们吊上来。昨天你说你没干过活儿，你现在害怕吗？"

"有一点儿，虽然这份工作有些陌生，但是我愿意试一试。"哈维坚定地说。

"滑轮车就在你后面，快抓住它！"丹指着哈维后面说。

哈维和丹各拿起一根千斤索上的长铁钩，玛纽尔的平底船正好靠了过来。玛纽尔拿着一把鱼叉，一条接一条地叉起鱼抛到了甲板的鱼栏里，不久后他喊道："一共二百三十一条！"

"拉！"丹一声令下，平底船就被轻松地吊了起来。

"抓紧了，要一直拉到桅顶的横木上才行。"丹提醒哈维说。

哈维不敢怠慢，因为船此刻就在他们头顶。丹一边下命令，一边熟练地把小船荡向桅顶，准确地停在了横木上。

"你好，你今天看起来气色不错，昨天还像鱼一样被我捞上来，今天就开始学捞鱼了。"玛纽尔一边说一边将大手伸向哈维。

"谢谢你救了我！"哈维不好意思地说。他本想着给玛纽尔一些钱，可是手伸进口袋才反应过来自己已经没钱了。

"哈哈！你不用客气，我怎么可能见死不救呢。我今天太忙了，到现在还没有洗船，你能帮我洗一下船吗？"玛纽尔从绳套中钻出来说。

"我帮你洗！"哈维希望能帮救命恩人做一些事情。

丹随手将抹布扔了过来，说："哈维，先把脚踏板弄起来，擦干净再放下来，一定不要让它们卡住了。你要快点儿，朗·杰克的船已经上来了。"

很快，很多闪闪发亮的鱼从平底船卸到了"海上号"的鱼栏里。

船员们都上来以后，特鲁普粗犷的声音从舱口传来，他正在询问朗·杰克的捕获量。

"今天运气不好，只捕到了一百四十九条，被玛纽尔比下去了。"

朗·杰克抱怨说。

"二百零三条！丹，这个就是昨天捞上来的孩子吧？挺可爱呀，估计用不了几天你就能把他带坏了。"一个高大、脸上有刀疤的男人喊道，他就是汤姆·普拉特。

"他的名字叫哈维，你们不要小瞧他，他可是很有钱的。"丹一边说着，一边把两把奇怪的刀放在桌子上。

"我只捕到了四十二条。"船上传来了另一个声音。

"我捕到的是四十五条，看来我运气只比你好一点儿。"又有一个声音道。

丹笑着说："那是宾和索特斯在数鱼的数量呢，他们每天都要数一数。"

"你刚才说是四十二条？"索特斯问。

"要不，我还是再数数吧。"

"你倒是很有耐心啊，你这个庄稼汉怎么可能做得好船上的事情？"索特斯不耐烦地问。

"我当初是因为神经性消化不良才上船的，而且是你劝我上船的！"宾抱怨道。

"这么说来，真该把你留在海里喂鲸。我看你就是故意跟我作对，到底是四十二条还是四十五条？"索特斯气愤地说。

"对不起，我又忘了。我还是再数一遍吧。"宾小心地说。

就在这时，特鲁普从船舱走出来，用命令的语气道："索特斯，把你的鱼扔进鱼栏里！"索特斯不得不停下争吵，将鱼扔进鱼栏。

汤姆·普拉特边看边数:"一、二、三……四十五。哈哈!看来宾没数错!"

"等一下,我好像数错了!"索特斯嘟嘟囔囔地说。

"才四十一条,索特斯,你还是水手吗?"汤姆·普拉特嘲讽道。

"太不公平了,为了捕鱼我已经被海草蜇得遍体鳞伤了。"说着他举起一只肿得发紫的手。

"开饭了!"一个声音从前面的甲板传来,所有人都朝着声音的方向走去。

"我们吃完晚饭就要开始加工了,到时候你只需要把鱼扔给我老爸就好,他和汤姆·普拉特会把鱼堆起来的。"

"我饿了,我需要吃饭!"哈维摸着肚子说道。

"不行,要等他们吃完,我们第二批吃。放心吧,他们很快就会吃完的。"

月亮渐渐升起来了,第一批吃饭的人陆续出来了。还没等厨师来喊,丹和哈维等人就已经在船舱里了,丹看着吃得最慢的汤姆·普拉特正用手擦嘴巴,看来晚餐应该不错。

晚饭是鳕鱼舌和鳕鱼鳔,还有肉丁煎土豆,外加一些烤过的面包和黑咖啡。

尽管饿得发慌,但他们还是等了一会儿,才狼吞虎咽地吃起来。

当朗·杰克的歌声响起来的时候,第二批吃饭的人连忙来到了甲板上。

丹将一把叉子交到哈维手里,领着他来到一张桌子旁。索特斯等得不耐烦了，用刀柄敲了几下桌子，旁边是一盆早已经准备好的盐水。

宾和玛纽尔一起跳进鱼栏，熟练地挥舞着刀子。

朗·杰克戴着连指手套站在桌子旁，他脚边有一个篮子。

"嘿！"玛纽尔大叫一声，捡起一条鳕鱼放在鱼栏旁边，用食指按着鱼鳃，大拇指插进鱼眼里，只听"呲啦"一声，鳕鱼的肚子已经被破开了，紧接着玛纽尔把破开的鳕鱼扔到了朗·杰克的身边。

朗·杰克戴着手套在鳕鱼肚子里掏了一下，鳕鱼的内脏就掉进了脚边的篮子里，他又握住鱼身用力一拧，鱼头也掉进了篮子中，被挖空的鳕鱼就滑到了索特斯那边。

索特斯捡起鳕鱼，拿刀用力向鱼身划了下去，只听"呲啦"一声，鳕鱼的整条鱼骨就被剔干净了。

收拾好的鳕鱼最后被扔进了盐水盆里，哈维早已被大家这一系列熟练的动作惊呆了，傻傻地站在旁边，就连脚边的盆里早已装满了鳕鱼都没有发现。"哈维，快扔鱼啊！"索特斯提醒他，回过神的哈维赶紧弯下腰去将盆里的鳕鱼往船舱扔去。

"哈维，把鱼都扔到一个地方，尽量不要太分散了。"丹教着哈维说，"索特斯伯伯可是我们船上最好的剖鱼手呢，看看他那些熟练的动作，剖鱼对他来说就像翻书一样简单。"

玛纽尔继续弯着腰抓鱼，一刻也没有停过。宾的个子不高，所以做起事来有些力不从心，玛纽尔会抽时间帮他一下。此时，撒盐的沙沙声，刀子的咔嚓声，拧鱼头的哗啦声，鱼内脏掉进篮子里的扑通声……这些声音混在一起，像一支合奏的交响乐曲一般，回荡在整艘船上。

又过了一个小时，哈维已经累得直不起腰了，他这时只想放下手里的工作，好好地休息一会儿。但是想到自己已经是这个团队中的一员，便由衷地从心底生出了自豪感，于是他咬紧牙关坚持干活儿。

鱼被收拾好后，厨师过来拿走成堆的鱼头和鱼骨头，他这是在为明天的早餐做准备呢。

"这把刀太钝了，给我换一把！"索特斯挥着手里的弯刀说。哈维看见自己身边的盖板上整齐地插着五六把刀，就把刀子分发给大家，然后又帮忙把钝刀收起来。

"水！"特鲁普在一旁喊了一声。

"哈维，饮水桶就在你面前，旁边有个勺子可以舀水。"丹在旁边提醒说。哈维就打了一大勺发黄的水递给特鲁普。

所有人都在忙手里的事情，直到把鱼栏里的最后一条鱼收拾干净。最后，每个人都非常疲惫，回去睡觉了，只剩下哈维、丹和宾他们几个。这时宾已经困得眼皮都睁不开了。

"宾，你把鱼倒进船舱下的桶里，然后就可以去休息了。"

现在，就只剩下丹和哈维了，丹一边冲洗鱼栏一边说："我们这种打杂的，等鱼加工完后还要打扫卫生。如果天气好，还要值夜班。"随后他把桌子收拾好，任它在一旁晾干，然后用抹布将带着血的刀子擦干净，又拿出一块磨刀石来磨刀。他边磨刀边告诉哈维把脏水和鱼肚肠倒进海里。

突然，海里冒出一个银色的像水怪似的东西，那东西发出的怪叫，把哈维吓得连退几步。"不用害怕，那只是一只灰色的海豚。它只有在饿了的时候才会这样把身体竖起来。"丹不以为然地说,"你以前一定没见过灰色的海豚吧?"

"嗯,是的。"哈维没精神地点了点头。

"想睡觉了吧?"

"嗯,真想倒头大睡。"哈维耷拉着脑袋。

"哈维,我们现在还不能睡,我们要值夜班。别看现在天气还可以,我爸可是说了,海上的天气变幻莫测,还是谨慎些好。"丹说,"还有,虽然我和你的关系还不错,但是如果你打瞌睡,我还是会毫不留情地用绳子打醒你的。"

深蓝色的夜空中,月亮显得特别耀眼,它安静地看着海上发生的一切。这时它看见了这样一幕:一个穿着红色衣服的少年,摇摇晃晃地在一艘大船的甲板上走着。他后面还跟着一个男孩,那个男孩拿了一根绳子,一边走一边打着呵欠,为了不让前面的红衣少年睡着,那个男孩偶尔会用绳子抽打他。夜色渐深,大船依然在航行。

双桅大船摇晃着,发出嘎吱嘎吱的响声。哈维困得要睡着时,丹就用手里的绳子抽打他几下,哈维便带着哭腔求饶。实际上,丹也早已没有力气挥动手里的绳子,他的眼睛也快睁不开了。

当钟声敲了整整十下时,天已经大亮了。小个子宾爬上了甲板,两个孩子早已在主舱口互相倚靠着睡着了,他费了好大力气才把他们搬到床上去。

第三章

第二天的天气很好，吃过早餐后，大人们就去捕鱼了，哈维和丹留下来洗碗和盘子，把甲板也清理干净了。他们又帮着厨师切肉，还做了些搬运煤炭和水的工作。等这些都做完之后，他们终于能站在甲板上大口大口地呼吸新鲜空气了。

到了晚上，忽然有很多小帆船悄悄驶入这片蓝色的大海。远处有一艘看不见船体的客轮，船上冒出的烟把蓝色的海面都弄脏了。东边，有一艘大船上的桅杆刚刚升起。特鲁普坐在船舱顶上抽着烟，眼睛一直盯着东边那艘船主桅杆上的一面小旗，仿佛在思考着什么。

"我们很快就要换地方了。"丹悄悄地对哈维说，"我甚至敢用我所有的存款来和你打赌。"

"可是，你怎么知道的呢？"哈维心存怀疑地问。

"我爸抽烟时如果吐出的是一个小小的烟圈，就说明他是在研究鱼群的洄游路线，如果这时候有人过去和他说话，他一定会发很大的火。"

丹指着他爸爸盯着的方向说，"还有，你发现有很多小船突然出现在我们的周围了吗？看着好像没有什么事情发生，但他们都知道我爸爸是一个经验丰富的捕鱼者，所以是在旁边观察我们的动向呢。"丹分析得非常正确，此时，特鲁普正在研究鱼群的游向，他也知道有很多人在观察"海上号"的动向，所以他希望能尽快摆脱这群人，找一个可以独自捕鱼的地方，不然竞争会变得非常激烈。

"爸爸。"丹上前对特鲁普说，"今天天气很好，我们的工作也都做完了，可不可以让我们下海去划一会儿船。"

"嗯，可以，但是你们要保证不能去太远的地方。要是有人问你们我们这艘船的走向，你们就把知道的告诉他们，反正你们也不懂那些重要的信息。"特鲁普点头答应了，还提醒儿子，给哈维换上合身的衣服和靴子。

丹给哈维找了一双打鱼的胶鞋，还有一件带补丁的蓝色毛衣，毛衣领子上别着一个小夹子。"哈哈，你现在看起来有点儿像水手了！"丹感叹道，然后他带着哈维上了一条船尾写着"海迪·艾斯号"的红色小船。丹很快就把船桨装好了，他想看看哈维是怎么划桨的。虽然哈维以前在池塘里划过船，但那无法与在大海里划船相提并论，因此，哈维刚把船桨插到海浪中，就觉得非常吃力了。

"哈维，你这样划可不行，如果在海浪中转动船桨，那么桨很容易就会掉下去。"丹说，"记住了，划桨的速度一定要快，这样船才能走得稳。"

才划了一会儿，哈维的双手就磨起了水泡，他开始环顾四周，失望的是,他并没有在船上找到自己想要的东西。船上只有一只小锚、两个水罐、一些钓鱼竿、一个喇叭、一把大木锤、一把短鱼叉,以及一个鳕鱼钓钩。

"这船上的帆和桅杆呢?"哈维难过地问。

丹呵呵地笑了起来:"小平底船一般不会用那些,主要还是靠划桨作为前行的动力,不过也不必像你那么用力。"

"对了,你想不想要一条这样的小船呢?"丹好奇地问。

"嗯,我想假如我去跟爸爸说这事,他也许会同意给我一两条这样的小船的。"哈维漫不经心地说了一句,事实上他已经很长时间没有提起自己的家人了。

"对哦,我差点儿忘了你爸爸是个大富翁。但是,一条平底船加上船具和渔具还是要很多钱的,你觉得你爸爸会买来给你当玩具吗?"丹有些怀疑地问。

"不用怀疑,只要是我想要的东西,他都会同意买的。"

"我想你在家的时候,花钱一定很大手大脚吧?"丹说,"哈维,不能让桨跟着水面滑行,下桨和收桨的速度都要非常快,你要记住海面并不是静止不动的……"

"咚咚!"哈维手里的桨突然撞到了他的下巴,他被撞倒了,等他挣扎着坐起来时发现下巴疼得要命。

丹发现哈维的脸色很难看,便说:"我刚学习划船时,也像你一样,不知道被桨打到过多少次呢!不过我爸爸跟我说,这不能怪别人,只能怪我们自己学得不好。好了,我们就在这里试一下能不能钓到鱼吧,玛纽尔会告诉我们这里的水有多深的。"接着,哈维看见丹朝着一英里外玛纽尔的那条船举起了一支桨,玛纽尔摇了三下左手,作出了回应。

"这里有三十英寻①深。"丹边说话边将鱼饵挂在了鱼钩上,他还教给哈维挂鱼饵的小技巧,哈维学得很认真。

丹的渔线已经放出去很长一段时间了,哈维才挂好鱼饵并将渔线费劲地抛出去。小船就这样随着海水漂了一会儿,很快,丹和哈维就确定了下锚的地方。

"有鱼上钩啦!"丹兴奋地喊了起来,他看见一条大鳕鱼在海浪中扑腾,"快!哈维!杀鱼的工具就在你旁边呢。"

于是,哈维把杀鱼用的那把大木锤递给丹,丹用力地向大鳕鱼打过去,鳕鱼被打晕了,他们将大鳕鱼拖到船上。这时,哈维感到他的渔线被什么用力地拽了一下,便开始兴奋地收渔线。这时,丹一眼就看出哈维钓上来的只是海草,赶紧提醒哈维不要碰它,但是已经晚了,哈维抓住海草用力拽了一下,手指就像被荨麻扎了一样疼。

"现在你知道这些海底'草莓'的厉害了吧!就是因为这样我爸才说如果没有戴手套,那就什么都别摸!好了,不管它们了,赶快挂上鱼饵继续钓鱼吧。"

哈维听到丹的话,立马重新挂上鱼饵,再次将钩扔了下去。突然哈维感觉到手里的渔线蹿了出去,最后被一个小圈挡住,那个小圈的作用就是防止鱼上钩时渔线被拉得太长。

"这次肯定是一条大鱼!"丹兴奋地大喊大叫,"把渔线放松一

---

① 1 英寻 =1.8288 米

点儿,等鱼的力气耗尽了我们才好办。还是让我来帮你吧!"

"不用!"哈维赶紧拒绝了丹,"这是我第一次钓到鱼,我想自己完成。万一这是一条鲸呢?"

于是,丹拿起旁边的那把大木锤,趴在船边看着,他看见一条白色的椭圆形比目鱼在水里扑腾,"我猜这条大鱼至少有一百磅,你确定自己能把它钓上来?"

为了把那条比目鱼拉上来,哈维的手指都蹭破了皮,头上的汗珠开始往下滴,脸也憋得又青又紫。丹见状赶紧来帮忙,两个人足足用了二十分钟才把那条比目鱼拖上船。

"看来还是新手的运气好呀!"丹擦了擦头上的汗珠说,"这条鱼肯定有一百磅!"

哈维看着自己钓上来的战利品,心里感受到一种从未有过的自豪感,虽然他以前也见到过比目鱼,但这可是他第一次自己钓到鱼呢!

"要是老爸在这儿就好了,他肯定能通过这条鱼判断出鱼的洄游路线。"丹说。

这时,"海上号"突然响起了一声枪响,丹说那是他爸爸在发号令让大家赶紧回去集合。丹和哈维正打算向"海上号"靠近时,突然听到半英里外宾的船上传来了响声,他们仔细一看,发现那条船竟然一直在原地打转。

"看来宾的锚被缠住了。我们得过去帮他一把,不然他可能就寸步难行了。"丹说着就掉转船头,向宾的船划去。快接近时,丹大声说:"宾,别用你想出来的那些奇特的方法了,赶紧向铁锚靠近,让船前后移动。"

"我试过很多办法了,但是完全没用啊!"宾气呼呼地说,"连索特斯教我的起锚机都试过了,还是不管用。"看着宾可怜的样子,丹忍不住想笑,但怕伤了宾的自尊心,他只好憋着笑弯下身子去拉锚。只见他在拉杆上拧了两下,铁锚立马就被拉了起来。然后,丹就和哈维一起划着他们的船离开了,没有回应宾那些感谢的话。

等小船开远一些,丹告诉哈维,宾原本是个聪明人,只是有一年遇到意外,宾失去了所有的家人。从那以后,他的脑子就变得不好使了,他好像忘记了以前的事情,甚至连自己的名字都忘了。幸运的是,他遇到了善良的索特斯伯伯,索特斯伯伯不仅收留了他,还留他在自己的农场工作。

"这样说来,索特斯以前也是农民?"哈维好奇地问。

"是的!他绝对是地地道道的农民,今年春天的时候,他把地卖给了一个富翁,然后带着宾来投奔我爸爸了,他还有'海上号'四分之一的股份呢。"丹慢慢地给哈维讲着,"索特斯伯伯还说,他是为了宾的健康才选择卖掉农场来海上的。"

"那现在宾的身体真的比以前好了吗?"

"肯定的,出海真的对他的健康有帮助呢,他现在的身体比刚来时强壮了许多。"丹继续说,"不过,我爸爸说,有一天宾肯定会想起以前的事情,想起他的家人,到那个时候他还是会很难受的。所以,你一定不要和宾提到他的过去,不然,小心索特斯伯伯把你丢进大海哦。"

"唉，宾真是个可怜人！"哈维喃喃自语地说，"我看索特斯伯伯和宾每天都吵架，想不到原来他那么照顾宾。"

"其实我们大家都挺喜欢宾的，"丹说，"所以我们都很照顾他。"

他们说着说着，小船也慢慢靠近了"海上号"，其他几条小船也都陆续回来了。"吃完饭前，不需要把小船吊到大船上来。"特鲁普站在甲板上说，"我们要赶紧把今天钓到的鱼加工好，然后下舱。孩子们，赶紧准备好吧，把桌子都支起来！"

丹一边准备着鱼下舱需要用到的工具，一边指着周围的船只，得意地看着哈维说："看看，我说的没错吧，附近的船都在等着看我们的动向呢！"

"嗯，也许是吧。"哈维点了点头道，"不过我怎么觉得，那些船都长得一模一样呢，没有一点儿区别。"

"它们完全不一样啊，那艘黄色的看上去有些脏，它是'布拉格希望号'。它的主人是尼克·勃拉迪，他可以说是整个纽芬兰浅滩上最自私的人。那艘远一点儿的是'日之眼号'，它的主人是杰拉德兄弟。那边排在一起的三条船都来自我的家乡。"

特鲁普看起来心情很好，每当这种时候，他就会把自己的儿子丹叫作"丹尼"。他说："丹尼，这里竞争太激烈了，明天我们去钓小鱼的海域，你就看不见其他船只了。"说话时他看了一眼今天钓到的鱼，今天钓的所有鱼中，竟然只有哈维钓的那条大比目鱼超过了十五磅。

"我在等天气转变。"他继续道。

"特鲁普，这个只有你能判断出来，反正我是看不出什么异常。"

朗·杰克看了一眼地平线说。

紧接着,船上的水手们就开始加工鱼了,半个钟头后,纽芬兰浅滩上升起了一团迷雾,雾越来越浓,将"海上号"完全笼罩住了,船在水面上不停地旋转着。此时,大家不约而同地放下了手中的事情。朗·杰克和索特斯先把绞盘制动器插进插座里,然后就动手起锚,当他们将缆绳绕在大桶上时,绞盘发出了一阵阵刺耳的声音。玛纽尔和汤姆·普拉特也跑去帮忙,很快,锚就被拉了上来,这个过程中,绞盘一直在发出"嘎吱嘎吱"的声音。

特鲁普操纵着舵轮,想让鼓起的停泊帆稳定下来。

"大雾过后一定会起风,快把三角帆和前帆升起来。"特鲁普说。

哈维被他们熟练的操作惊得目瞪口呆,几乎听不见任何命令。"怎么样?你以前没有见过起锚吧?"汤姆·普拉特问哈维。

哈维摇了摇头:"没有,我们这是要去哪儿呢?"

"换一个地方捕鱼。"汤姆·普拉特回答道,"不过,以后会发生什么事情,谁也不知道。"

"你说得对,希望老天爷会保佑我们。"特鲁普在另一头接话说。

海浪重重地拍打在船头,溅起了阵阵浪花,发出"噼噼啪啪"的声音,把船具都打湿了。大家各自寻找避风的地方,只有索特斯一个人在主舱里坐得笔直。

"需不需要把帆支起来呢?"特鲁普用商量的口气问。

"还是算了吧,没什么用的。"索特斯摇着头说。

特鲁普的掌舵技术发挥稳定,船只一直在平稳地前行。这时,一道海浪呼啸着扑向船只，索特斯立马就被晃倒在甲板上，全身都被海水浸湿了，他大骂着坐起身，没想到又有海浪跟着拍打过来。

"算了，你把前帆支起来吧！"索特斯大吼了一声，他一转身，就看到宾正在甲板上爬，"宾，这样的天气别去甲板，快回舱里喝咖啡吧！"

"看来我们只能喝喝咖啡，打打牌了。"丹说，"像我们这些长年捕鱼的人，也只有这些事能消磨闲暇的时间了。"

"还好有你提醒，我正发愁没事情做呢，应该趁这个时候教会哈维打绳结。"朗·杰克兴奋地说。

"哈维，这事可跟我没关系，别赖到我身上哦。"丹说，"你的确需要学会打绳结。"哈维表示很愿意学习。

在接下来的一个小时里，朗·杰克把哈维支使得团团转，一刻也没让哈维休息过，他还说："就算是一个瞎子或者是喝醉的人，也要把这些事学会。"他好像天生就是当老师的，只有他能把那些别人都介绍不清楚的索具讲得明明白白。他让哈维用鼻子蹭不同材质的帆布，这样是为了让哈维区分不同的帆，在航行情况发生变化时好对船帆进行调整。他还让哈维用手摸船上的每一个绳头，为的是让他把每根绳子在海底的走向记在脑袋里。

汤姆·普拉特看见这一幕也跑过来凑热闹，只是他教的大部分东西都不太实用。"汤姆·普拉特，你再这样讲下去，会把哈维弄晕的。"朗·杰克不满地说，"哈维，你别听他的。"

"刚开始教的时候，就应该将每一条理论都讲得清清楚楚，像你那样东一下西一下，恐怕教得再久也没办法让他弄明白。"汤姆·普拉特马上反驳他说，"要知道，航海技术可以说是一门艺术呢！"

"别再说了，我明白你的意思，但那都是些不实用的东西。"朗·杰克转过身去对哈维说，"我已经教了你那么多，现在你来告诉我收前帆时要怎么做？想清楚再回答。"

"先拉那个帆杠，接着拉动刚才看到的绳子，然后再拉……"哈维边想边说。

朗·杰克还告诉哈维，船上的每一根绳子都有它存在的意义，不然就不会让它们在船上白占地方了。然后他说了一种绳索的名字，让哈维走过去指给他看。

随后朗·杰克又说了另一种绳索的名字，哈维觉得有点儿累了，走得有点儿慢。突然，一根绳子从哈维身后飞过来，刚好打在了他的肩膀上，吓得他赶紧转过身去看发生了什么事。

"如果你想要在船上散步，那得等你当上船主人才行。"汤姆·普拉特严厉地对哈维说，"现在我是在命令你，那你就要跑着去执行命令。"

绳子重重地打到哈维身上，让本来就累得气喘吁吁的他感觉全身发烫。他从小被父母宠着，现在严格的管教反而让他生出了一定要把事情做好做完的倔脾气。他发现周围人的脸色并没有因为他受罚而产生变化，他知道，在他们心里这点儿批评根本就不算什么。于是他强忍着怒火，没有让旁人看出来他在生气。

朗·杰克紧接着又说了好几种绳索的名称，哈维就像小兔子一样在甲板上窜来窜去，偶尔会偷看一眼汤姆·普拉特。

"嗯，不错不错！"玛纽尔不知在什么时候走了过来，"等会儿吃完饭我给你看我的双桅船模型，再好好地给你上一课。"

丹也兴奋地跑过来说："哈维，刚刚我老爸说了，他会让你变成一名非常优秀的水手，他可是难得这样看重一个人呢。"这个时候，特鲁普正站在船头观望着四周的情况，大雾挡住了他的视线，他只能看清十英尺以内的情况，船头两侧不断有大浪扑上来，发出"哗哗"的声音。

"现在让我来给你露一手吧，这可是朗·杰克不会的。"汤姆·普拉特从船尾的柜子里拿出了一个凹凸不平的深海舵，把羊脂涂在凹孔里。然后他就一圈一圈地转动水舵，发出一阵嗡嗡声。

朗·杰克不耐烦地催他："赶快扔了啊，我们所在的地方水深大概也就二十五英尺以内，在这里不需要任何技巧。"

"测量水深可不是一件简单的事，要想学会这个，最少要练习一周。"丹说完这句话就转过身去问，"爸爸，您看看现在的水有多深？"

特鲁普早就让船停住了，那些跟着他们的渔船渐行渐远，他面部的表情也缓和了不少。他测水深的技术可以说是整个船队里最好的，大家都说就算他闭着眼睛也能估算出纽芬兰浅滩上每一处的水深，而且误差极小。特鲁普看了一眼窗口处的小罗盘，说："应该是六十英尺。"他说的这个数字竟然和汤姆·普拉特报的数据一模一样，周围的人惊叹不已。

这时特鲁普下令继续前行，轮船就好像在大雾中散步一般，头顶的船帆在风中发出呼呼的声音。丹说想和哈维一起钓鱼，于是，大家都在边上看他们钓，很快丹便钓上来一条二十多磅的鳕鱼。

"快看，这条鳕鱼的身上爬满了小螃蟹。"哈维看着钓起来的鱼，惊讶地说。

"这条鳕鱼长虱子了，把大锚下到海里吧！"朗·杰克大声说，他还提醒特鲁普要记得多注意海面下的动静。紧接着，水手们就将所有的渔线都扔进了大海里。

过了一会儿，哈维又拉起来一条爬满海虱的大鳕鱼，他问丹："这些鳕鱼就这么饿吗？一条接一条地咬钩。"

"鳕鱼身上长虱子就说明它们是成群地生活在这里，它们会一个接一个地咬鱼饵，说明这正是它们饿了的时候。这个时候就算渔钩上没有挂上鱼饵，它们也会咬钩的。"丹解释说。

"那为什么不直接在大船上捕鱼呢？用小船捕鱼要来回折腾好多次，这不是很麻烦？"哈维边说话边拽起一条鱼来。

"因为加工鱼时剩下的边角料会把鱼吓跑，而且在大船上捕鱼并不比在小船上捕鱼轻松，站在大船上捕鱼会让人很累。"丹说得没错，在小平底船上捕鱼，鱼被捕起来之前是在水里的，水手可以利用水的浮力把鱼拽起来。但如果站在大船上，大船足有几英尺高，拉杆时会更费力。另外，捕鱼的过程很漫长，如果人一直弯腰伏在大船栏杆上拉网，会腰酸背痛的。

"怎么没看见宾和索特斯叔叔呢？"丹问道。他们两人一直在甲板上喝咖啡、下棋，等特鲁普吩咐他们去捕鱼时，他们才发现早已错过了捕鱼的最佳时间。

因为丹和哈维之前去捕了鱼,有了捕鱼经验,所以特鲁普就告诉他们不用再去收拾那些鱼了,但是要去给排钩挂上鱼饵。"别忘了,要用我们特别的挂饵方法挂。"特鲁普提醒儿子丹。

于是,在别人收拾鱼的时候,两个孩子就去挂饵了。他们拿了一些鳕鱼的边角料当鱼饵,然后将鱼饵挂在每一个渔钩上,最后他们把渔线盘好,这样,从小船上放渔线下海时渔钩才不会打结。

丹连看都不看就能把鱼饵挂好,但是哈维就不一样了,他的手指总是被渔钩刮伤。

"没关系,慢慢来吧!我还不会走路的时候就在帮大人们装鱼饵了,当然比你熟练。"丹安慰哈维说,但是能听出来他说这话时还是有点儿小得意的。

"唉,也不知道这样挂饵到底对不对。"哈维皱着眉头说,"我的手都快扎出洞来了。"

"肯定是正确的啊!"丹非常肯定地说,"这些可都是我爸总结出来的经验。这样挂饵,钩子才能整个沉入海底,不然我们是捕不到鱼的。"

他们刚把鱼饵挂完,汤姆·普拉特和朗·杰克就让他们把桶和上过漆的排钩小浮标抬上船,然后又把一条小平底船放到海上。

"天哪,你们不会被淹死吧?"哈维看着海里的波涛有些担心地说。

"放心吧!我们肯定能平安回来。"朗·杰克半开玩笑地说,"不过我猜你们是不会想我们再回来的，万一排钩缠在一起，那我们回来后一定会好好地教训你们一顿。"

突然，平底船被一个巨浪举了起来，就在平底船快要撞到大船时，竟然巧妙地躲过了浪峰，消失在茫茫大雾中。

丹把敲钟用的短绳递给哈维，告诉他："他们不会走太远的，只要听见敲钟的声音他们就肯定能回来。"哈维立马打起了精神，拉着那根绳子一直摇个不停，他觉得他是在保护着小船上的两条性命。哈维大概敲了半个小时，突然听见船舷碰撞的声音。于是丹和玛纽尔着急地跑到吊平底船的钓钩旁。他们看见汤姆·普拉特和朗·杰克正在往"海上号"的甲板上爬，海面的平底船很快被哈维和丹吊了上来。

"很好！没有一个渔钩缠住。"汤姆·普拉特一边擦着身上的水珠，一边说着。

"如果你能陪我一起去吃饭那该多好啊！"朗·杰克用穿着油布雨衣的手臂蹭了一下哈维的脸颊。

"是啊，我也是这么想的。"汤姆·普拉特也赞同地说。

于是他们四个人一起去吃饭了，晚饭是煎饼和杂鱼烩，哈维吃完就趴在桌子上睡着了，宾把他扶上了床。

"唉，这么好的一个孩子，可惜他父母还以为他已经不在了呢。"宾看着哈维小声地说着。

"宾，你告诉我爸爸，今晚我来帮哈维值夜班，他今天实在是太累了。"丹说。

"真是奇怪了，他看上去也不像你爸爸说的那样笨啊，说不定他以后能成为一名优秀的水手呢。"玛纽尔说。

丹听到这话忍不住笑了起来,但他也实在是太困了,笑着笑着就睡着了。不一会儿,鼾声就响了起来。由于没人舍得叫醒那两个熟睡的孩子,就只能由普拉特和朗·杰克这两个大人来替孩子们值夜班了。

每隔一个小时,报时的钟声就准时在船舱里响起,但没有人被钟声惊醒。船舱外,普拉特和朗·杰克正在巡逻,他们仔细检查船上的每一个地方,舵轮、锚索、锚灯都要检查数次,他们知道每一个细小的失误都可能导致巨大的意外,而避免意外发生的前提就是减少失误。

第四章

  第二天的天气不太好，风浪吹得"海上号"不停地左右摇晃，船身偶尔还被海浪抛得很高，或者反方向冲向海面。遇上这样的天气，水手们就不能出海捕鱼了，只能在各自的床上睡觉休息，或者找点儿什么别的事来打发时间。

  玛纽尔在烟斗里塞满了劣质的下等烟草，靠着自己的铺位抽起烟来。丹躺在床上，认真地拉着一架非常老旧的手风琴，琴声随着"海上号"的摇摆幅度忽高忽低。

  哈维小声地自言自语："真是奇怪，我竟然没有晕船。"然后又回到自己的铺位。

  玛纽尔问："你在嘀咕些什么？"

  "我是说一周前我还晕船晕得要命，而且我就是因为晕船才掉进海里的，但是现在我好像一点儿也不难受了。"哈维回答道。

  玛纽尔笑呵呵地说："可能是因为我已经把你培养成一个水手了

吧。如果我是你，等回到格罗斯特时，我会买两三只大蜡烛，点燃了来庆祝这件事情！"

两个人的聊天勾起了朗·杰克的回忆，他就开始讲起了十年前在一条货船上当水手的经历。那时他们遇上了一场很可怕的飓风，人在船上根本没办法站稳，被晃得东倒西歪。安全回到岸上之后，他花了整整一个月的时间做了一个"凯瑟琳号"的模型，然后把它交给牧师，挂在了祭坛前。

听了朗·杰克的经历，大家就开始讨论做轮船模型的话题，这个话题足足持续了一个小时，甚至引起了大家的激烈争论。

丹可能是不想再听大家争论了，于是开始演奏起一首欢快的乐曲：

"小鱼儿跳得高，不怕风来不怕雨……大风天气到来了，北风呼呼刮不停……"

朗·杰克听到也加入了进来，跟着丹一起唱。丹害怕地看了一眼在找东西的汤姆·普拉特，有意将声音压低了继续唱着：

"大鳕鱼们跳起来，呆头呆脑地来咬钩……"

突然大家听到"啪"的一声，一看才知道是汤姆·普拉特用靴子打了丹的手臂。"哎哟！"丹一边揉着发疼的胳膊，一边说，"如果你不爱听我的歌，就把你的小提琴拿出来吧，反正我不想继续听你们争吵了。不然我会一直唱下去的，我还会教哈维一起唱这首歌。"

于是汤姆·普拉特从柜子里找出一把白色的老旧小提琴，玛纽尔也不知道从哪里翻出一把琴弦都不齐的吉他。朗·杰克看见汤姆·普拉特拿出了乐器，高兴地说："看来我们的音乐会要开始了！"

就在此刻，特鲁普进来了，他穿着一件黄色的油布雨衣。

"你来得正是时候，我们正准备一起唱歌，你来领唱吧？"有人提议说。

"但是……我只会那么几首歌，你们大概早就不想听了吧？"汤姆·普拉特拉了一首很悲伤的曲子，硬生生让特鲁普把想说的话咽了回去。特鲁普看向头顶上的横梁，也跟着唱起了这首非常古老的歌，其他的水手也跟着一起唱了起来。

这时，有人说让哈维也来唱首歌吧，哈维认为大家这样说是看得起他，也就开心地点头答应了。他想了一会儿，发现自己好像只会唱那首在夏令营里学的《艾尔森船长旅行记》。当哈维刚说出歌名时，特鲁普就跺着脚大喊大叫地说："不能唱这首歌！这首歌太糟糕了，不要再唱了。"哈维被他吓了一跳，疑惑地看向丹。

丹小声地告诉哈维说："我忘了跟你说，这是我爸爸最讨厌的一首歌，不管是谁唱，只要他听见就会大发雷霆。"

"那首歌有什么问题吗？"哈维小心翼翼地问，心里有点儿生气。

特鲁普努力压制住自己的愤怒说："孩子，那首歌的歌词从头到尾都是在乱说，我爸爸以前跟我讲过歌曲里面的故事，和歌词里写的完全不一样。"接着他就将这个故事讲了出来。很久以前的某一天，因为海上起了风浪，艾尔森船长便开着轮船返航。在返航途中，他遇到一艘漏水的大船，他想要营救那艘船上的人，但与他同行的人都不同意，并以他的性命为要挟，要求他撤离。当他们回到镇上后，听说了这件事的人却诬陷船长铁石心肠不肯救援，人们甚至将他游街处死。那首歌的歌词都是对艾尔森船长的污蔑。

哈维听完特鲁普的陈述，羞愧地低下头。站在旁边的丹赶紧帮他说话："在学校里学习的知识是有限的，人们也不可能把每件事都了解清楚，被蒙蔽也是常有的事。"

接下来，玛纽尔弹唱了一首葡萄牙歌曲《天真无邪的妮娜》。后来，大家又起哄让特鲁普唱一首歌。他唱的又是一首非常古老的歌曲，当他唱到一半的时候，其他人就跟着一起唱。不知道为什么，听到这首歌，哈维有点儿想哭。

"我想我们还是换一首欢快的歌曲吧，别再唱伤感的曲子了。"丹说着就拉起了手风琴，最后还唱了起来，"我们已经二十六周没有看到过陆地，我们载着满满的货物，航行在纽芬兰浅滩上……"

"丹，别唱了！"汤姆·普拉特突然喊道，"唱这样的歌，难道你是希望我们这次出海遇到什么不顺利的事情？谁都知道这是一首关于'约拿'（传说中的厄运神）的歌曲，只有在船上的盐都用完时，人们才会唱这首歌！"

"不会的，只要不唱完整首歌就不会有事的。"丹说。

"'约拿'是什么？"哈维疑惑地问丹。

"'约拿'就是指那些带给人坏运气的东西，它可能是一个大人，也可能是一个孩子，还可能是一只水桶或是一把刀。"汤姆·普拉特回答说，"如果和'约拿'一起航海，一定会倒霉的，说不定会被淹死！"

"没想到你竟然会信这个。"哈维不敢相信地摇摇头。其他几个年轻的水手也很疑惑，都说不相信"约拿"的存在。

"年轻人，不要怀疑，他是真实存在的。"特鲁普严肃地说。

"我坚信哈维肯定不可能是'约拿'，因为在我们救了他之后的第二天捕了很多鱼。"丹着急地为哈维说话。

厨师虽然闭口不言，但是突然怪笑了起来，他的表情看着就让人很不舒服。

"难道我说的不对吗？"丹有些不安地说，"难道哈维是我们的克星？"

"你们不要忘了，现在还没有捕完鱼呢。"厨师一脸不高兴地说。

"麻烦你不要话里藏话好吗？"丹有些生气了。毋庸置疑，他已经完全把哈维当成了真正的朋友，他不能容忍任何人说自己朋友的坏话。

"我只是想说，以后哈维可能会成为你的主人，而到那时你会是他的仆人。"厨师指着哈维说。

"哈！这事听上去倒是挺有意思呢，不过你说的是什么时候的事呢？"丹咧着嘴笑着说。

"你怎么能想到如此奇怪的事情？"汤姆·普拉特也满脸疑惑地看着厨师。

"对啊，你怎么会这样想呢？"另外几个人也都异口同声地问。

"这个我也没办法说清楚，总之这是肯定会发生的！"说完，厨师就决定再也不多说一个字，径直去削土豆了。

"无论如何，只要不把哈维当成'约拿'就可以了。其实我觉得'加利·皮特曼号'才是'约拿'，无论船上有多好的船员和工具，这艘船都一定会偏航。"

"太棒了，我们总算把其他船甩开了。"特鲁普开心地说。

突然，甲板上发出了"叮叮当当"的声音，特鲁普打开船舱门走出去，顿时感觉到一股新鲜的空气从外面飘进船舱里。

迷雾已经散开了，但是又刮起了大风。海面上泛起了巨浪，"海上号"直接冲进了巨浪中，海浪被船从中间一分为二。

他们的船一会儿被卷到了山峰般的浪尖之上，一会儿又滑入海浪的最低处。远处的海上涌起了一片片浪花，那些浪花就像泡沫一般梦幻，慢慢在海面上扩散开来，到最后竟然形成了一幅美丽的景象。半空中有几只海燕围着"海上号"不停地飞，天空中的乌云一会儿被狂风吹过来，一会儿又被吹到其他地方。

"我看到远处好像有个东西在动。"突然，索特斯指着东北方向喊道。

"那肯定不是那些船队中的船只。"特鲁普用一只手撑着前甲板的门，眼睛却死死地盯着海面上，他是在搜索："丹，你要不要爬到高一点儿的地方，看看那些排钩的浮标？"

丹听后，换上了大靴子，转身就蹿上了主桅杆，速度快得让哈维目瞪口呆，心里别提多佩服了。

丹手脚并用地勾着桅杆，眼睛不停地在海面上搜寻："浮标没有问题，不过有一艘双桅船从北方向我们这边驶过来了。"

半小时后，天空开始放晴，天气好转，太阳时不时从云层后面露出来，那条双桅船越来越近，他们也看得越来越清楚了。

"那个是阿比西埃伯伯的船！"丹大叫起来。

"对的，就是它！"特鲁普的眉头皱了起来。

"它可是'约拿'中的大王。"汤姆·普拉特发出了痛苦的声音。

"在这样的天气里，这样开船肯定会翻船的，再多的帆和索具都没用。"朗·杰克插嘴说。

"只怕他们正算计着怎样弄翻我们这条船呢。"特鲁普担心地说。

突然，那条船上有一个人探出头来，声嘶力竭地冲着这边大喊大叫。大概是在说他们冒着桅杆被折断的危险，就是为了来告诉"海上号"上的人，"海上号"遇到转向风了，接下来的航行非常危险。

特鲁普关注的却是那条船的情况更危险，随后他便用手势将自己的担忧告诉那个人，但是被对方嘲笑了。阿比西埃竟然还说"海上号"很快会被吹翻，这将是"海上号"最后一次捕鱼了。

"你就是个疯子！"汤姆·普拉特大声嚷嚷。

"他的船吃水那么深，情况恐怕不容乐观，也不知道他做了什么坏事才会遇到这样的事情！"朗·杰克看着汤姆·普拉特说。

"碰到这种人肯定会倒大霉的，他过来纯粹就是为了诅咒我们。我觉得今天不是打鱼的好日子，看来今晚没必要再检查排钩了。"汤姆·普拉特失望地摇摇头，"真希望能看见他被惩罚，怎么会有心眼这么坏的人啊！"

"你们快看，刚才他说的一定是死到临头时说的气话。"厨师突然大声叫了起来。那艘双桅船竟然开始往下沉，很快就在海面上消失了。

"天哪，它竟然真的沉了！"特鲁普朝船尾跑去，"无论他说话多难听、多无耻，我们还是要去救他们的。快点儿把缆绳卷起来，起锚！要快！"

可惜他们赶到那艘船消失的地方时，已经什么都看不见了，也就是说，那艘船已经彻彻底底地消失在大海中了。

"看来他是注定会死的，这也是没办法的事情。"厨师平静地说，"不过，他应该把我们的霉运也一起带走了。"

坐在船舱里的宾看到了整个沉船的过程，他觉得很害怕，又觉得船上的人很可怜，情不自禁地哭出声来。

尽管哈维还不能完全理解他看到的一切，但他还是感到很难过。哈维以前从来没遇到过沉船，也从来没有见过这么多人就这样悄无声息地死去。这样近距离地感受死亡，他的心情也变得很糟糕，甚至觉得呼吸都有点儿困难。

午饭过后，海面慢慢恢复了平静，水手们便到甲板上开始捕鱼，索特斯伯伯和宾非常努力，捕上来的鱼体形又大，数量还多。

"看来'阿比西埃号'真的把我们的霉运都带走了，风也没有刮起来。"索特斯拽起渔线说，"就是不知道那些排钩怎么样了。"

汤姆·普拉特建议把那些排钩都拽起来，重新找个锚位再抛下去。

但是厨师不同意："我觉得，运气这个东西很神奇的，很多时候是可以平分的。不信的话，你可以自己去看看。"

朗·杰克听到厨师说的话很高兴，于是他说服汤姆·普拉特陪他一起下双桅船。

检查排钩的工作流程是这样的：先将排钩拉到平底船的一边，然后把排钩上的鱼摘掉，再将鱼饵挂好，最后把排钩重新放进海里去。

检查排钩的工作既费时间又危险，因为垂在水下的渔线都很长，一不小心，渔线就会把船缠住，这样的话很有可能翻船。

"海上号"的人都为朗·杰克和汤姆·普拉特捏了一把汗，直到听到歌声传来，大家悬着的心才放下了。

平底船里已经装满了鱼，汤姆·普拉特让玛纽尔放下小船接应他们。

"看来，运气果然是可以平分的。"朗·杰克一边说一边往大船里装鱼，"我们刚开始装的时候，大部分都是海草什么的，汤姆·普拉特都不想继续干下去了，但我说怎么着也要给厨师一个交代，就继续检查排钩，结果，剩下的全都是大鱼！玛纽尔，赶快再去拿一大桶鱼饵过来，我相信今天我们都会有好运气。"

于是，玛纽尔搬来了鱼饵，船上的人一起给排钩挂饵。新的排钩放下去后，很快就有鱼来咬饵了，他们就开始不停地拽渔线、摘鱼、挂饵……就这样一直重复着这些工作，直到天黑。

最后，还是特鲁普下令让他们停下来。吃过晚饭后，他们就开始加工鱼，哈维负责把剖好的鱼扔到底舱。

"嘿！今晚怎么没听见你发表感想呢？"丹和哈维一起磨着水手们替换下来的刀时，对哈维说。

"今天实在是太忙了，都顾不上说话。"哈维说。

"我觉得你真该看一下尖刀船是怎么用转盘把铁锚从深海里拉起来的。"丹突然说了这么一句话。

"尖刀船？那又是什么？"

"是一种最新式的船，主要用来捕黑线鳕鱼和鲱鱼。它的外观非常漂亮，船头又长又尖，舱房比我们的底舱要大一些，可能有很多游艇的底舱都比不过它。听说那上面有很多特殊的钓鱼设备，格罗斯特的'选举人号'就是一艘很棒的尖刀船。我老爸以前也考虑买这种船，但最后还是放弃了。"

"买这种船要多少钱呢？"哈维问。

"很贵很贵，可能要一万五千美元，好像还不止呢。"丹自言自语地说，"如果我能有这样一条船就好了，我会给它取名为'海蒂号'。"

哈维对丹描述的"海蒂号"充满了好奇和憧憬。

第五章

　　哈维对尖刀船很感兴趣，不停地追问。哈维一再保证自己不会说出去，丹才对为什么取名"海蒂号"做了详细的解释。

　　海蒂是丹心目中最漂亮的格洛斯特姑娘。丹给哈维讲了许多关于她的故事，还展示了她的照片和一缕头发，从此丹和哈维成了能互相分享秘密的好朋友。后来有一次值夜班的时候，丹和哈维莫名其妙地打了一架，最后还是宾把他们分开的。尽管哈维没有丹强壮，但他还是与丹你一拳、我一拳地打了起来。哈维还没有意识到自己内心的想法：他想成为一个男子汉。

　　长期的海上生活，让哈维的手腕和胳膊肘上长了一串疖子，船上没有医疗条件，哈维只好用特鲁普的剃刀把那些疖子刮掉。丹笑着说："哈哈，这下你就是纽芬兰浅滩真正的捕鱼人了，这些伤疤都是勇敢者的记号。"

　　作为准男子汉的哈维，每天都需要辛辛苦苦地干活儿，因此他没有闲暇想家。偶尔，他也会想起妈妈，他希望妈妈有一天见到一个全新的自己。

哈维现在已经是"海上号"真正的一员了，他每天与其他水手一起工作、生活、吃饭、睡觉，而且，船上的伙伴们都喜欢听哈维讲岸上的故事。哈维总是以他的一个"朋友"为主角来讲自己的事情，因为他知道，除了丹没人会相信自己。他每次讲完都会遭到索特斯的指责，朗·杰克甚至给哈维所谓的'朋友'起了很多绰号，"傻小子""镀金娃娃""吃奶的蠢货"等等。

船行驶到浅水区的时候，特鲁普就让哈维去测量水的深度。丹说："其实老爸现在不需要知道水的深浅，他只是想考验你罢了。"

"但是，船长的命令我也要努力执行呀。"哈维说。

哈维确实没有一点儿怠慢。每次都很认真地在测深锤上涂上油脂，等测量完再将附着在测深锤上的杂物取出来交给船长。船长仔细观察以此来判断鳕鱼的游向。"海上号"频繁地更换停泊的地方，每次都能捕到大量的鱼，就像一个与大海对弈且每次都能赢的棋手，而棋盘则是整个大浅滩。

连着好几天的大雾，使哈维只能做敲钟的工作。慢慢地，哈维觉得浓雾天也没什么不好的。他非常乐意和汤姆·普拉特在大雾天出去捕鱼，虽然还是有些心惊胆战。每次捕完鱼，都是靠着汤姆·普拉特的直觉得以平安回来。

有一次，哈维和玛纽尔去捕鱼，他们到了一片大约四十英寻深的海域，铁锚放到四十英寻后，还没有触碰到海底，这让哈维感到极度恐惧，他觉得自己可能永远回不去了。

"是鲸洞！看来船长也有判断失误的时候。我们要赶快回去才行。"玛纽尔边说边收起铁锚。他们回去后，看见其他人正在和特鲁普开玩笑，他们打趣船长竟然把"海上号"带到了鲸洞上，这可是浅滩最大的空洞，不可能钓到鱼的。

"海上号"不得不换一个位置，此时大雾弥漫，当他们到达新地方时，哈维看到浓雾中有一个巨大的白影在缓缓移动，没过一会儿就听到了一声类似重物落水的巨响，哈维吓得躲在船底不敢出来。玛纽尔看到后笑得合不拢嘴，那其实是夏日冰川在移动。哈维这些天见到了许多未曾看到过的景象，他经常为这些景象感到欣喜或恐惧。

天气好的时候，大家就一起钓鱼。有雾气的时候，大家就轮着教他怎么驾驶"海上号"。哈维紧紧握住船舵，他感觉到船的龙骨在随他摆动，前帆就像一把刀子一样划破天空，好像船上的人都必须听他的差遣。他特别喜欢这种感觉，但是特鲁普觉得哈维现在开得还不太稳，偶尔他会打击哈维说："要是现在有条蛇跟在我们后面，它肯定会被尾流弄死的。"

哈维为了向丹展示自己高超的船技，一下子就把船帆抬了起来，结果致使斜杠直直地在支索帆上戳出一个大洞。船上的水手们不得不把帆换下来，还好那帆已经很旧了，丹没有责怪哈维，还说这个错误他也犯过。

接下来的几天，汤姆·普拉特教哈维怎么样用针线，虽然哈维并不喜欢，但还是学得很认真。哈维很喜欢模仿水手们的一举一动，然

后表演给大家看,他模仿得很生动,经常逗得大家哈哈大笑。

一天中午,哈维站在甲板上向大海远处眺望。朗·杰克看见后就说:"快看呀,他一定是在模仿我们,他已经把自己当成一个勇敢的水手了。"

"特鲁普,我觉得你当时对这个孩子有误解,你怎么会认为这个孩子的脑子有问题呢?"汤姆·普拉特对着舱房方向说。

"他刚上船的时候,总是说一些莫名其妙的话。我看啊,他是被我给治好了。"特鲁普骄傲地说。

"这个孩子讲过,有个孩子有双层马车,还会请一大堆朋友吃饭,讲得绘声绘色,听着也觉得特别有意思。"

"那一定是他瞎编的,他的那些故事,只有我儿子丹相信,丹还因为这个嘲笑过我。"特鲁普一边写着日志一边大声地说。

"哈哈!居然真的有人相信哈维是个有钱人。"索特斯笑着说。

后面的对话特鲁普没有再参与,而是继续写他的日志。

七月十七日,浓雾,鱼不多,我们向北停泊。

七月十八日,大浓雾,鱼特别的少。

七月十九日,很小的东北风,天气还可以,捕到很多鱼。

"海上号"有个规矩,星期天从不干活儿。每个星期天大家都闲下来,洗澡、唱歌。哪怕那天是捕鱼的好天气也一样。宾喜欢在这一天唱赞美诗,甚至还说可以给大家布道,吓得索特斯赶紧拒绝了他,并告诉他不要再讲了，他害怕宾回忆起以前的事情。宾平时不怎么说话，甚至两三天都说不到一句话，但他喜欢听别人讲故事，听到好笑的地方就笑个不停。每次大家让他讲故事的时候，他总是说："我没有什么好故事，我什么都不知道，我都不知道自己叫什么。"然后他就看向索特斯，希望他帮自己说几句话。

"宾，以后你是不是会把我们都忘记啊？"索特斯假装生气地说道。

"不，不，当然不会！"说完，宾就再也不说话了。

不过宾对哈维很关心，因为他认为哈维不能和亲人团聚很可怜，这让索特斯多少有些安慰。

其实，索特斯也是一个不怎么爱说话的人，他对孩子很严厉。

特鲁普对哈维也很严厉，不过哈维很尊敬他。特鲁普经常抽空给哈维看一张地图，他说政府所有的出版物上都有这个图，他还教哈维用笔记录在大浅滩上停泊的每一个地点，同时还给哈维讲测向仪的原理。

哈维对数字很敏感，所以在这些方面，哈维比丹强得多。但是在实践上，丹要更厉害一些，毕竟，丹从小就在海上长大。特鲁普有时根据风吹过脸庞的感觉来确定航向，但这些并不能教给哈维，这些只能靠经验积累。他说，要是哈维十岁就在海上生活，肯定能像丹一样在黑暗中给排钩挂饵。

每次遇到暴雨天，人家都会在船舱里面讲故事。特鲁普最喜欢讲他以前捕鲸的真实经历，讲母鲸如何在大海中挣扎着死去，讲小船如何被鲸拍碎，讲捕鱼用的火箭为什么能在水中爆炸。

朗·杰克更喜欢讲恐怖故事，这些故事很容易让大家安静下来：有的是嘲笑挖蛤蜊的人的怪物；有的是徘徊在海岸上无法下葬的魂灵，有的是守卫着宝藏的幽灵。哈维很喜欢听，但是每次听到最后都被吓得不敢动弹。

汤姆·普拉特则讲他以前在"老俄亥俄号"舰队上的事情，舰队被封锁在海上几个星期并且遇到大风和寒流，二百多人昼夜不停地凿绳索上的冰，听起来惊心动魄。

玛纽尔会用温柔的语气讲马德拉群岛上洗衣服的漂亮姑娘，还有一些圣人的生平。

索特斯则喜欢讲农业，讲如何播种施肥和绿肥的好处，有时候他还会给哈维看一些根本看不懂的书籍。

这些活动厨师一般都不会参加，只是偶尔应和上几句。但只要和两个孩子在一起，他就会格外健谈，他始终相信自己的预言：哈维终将成为丹的主人。每次开饭，厨师都会特意问哈维饭菜是否合口味，每次大家都哈哈大笑，大家都认为厨师看人的眼光很独特，都觉得哈维是这艘船上的福星。

哈维在船上每天都能学习到新知识，他的身体也越来越强壮。捕鱼很顺利，船底的鳕鱼也越堆越高。特鲁普的捕鱼技术名声在外，所以很多渔船都想跟着他一起捕鱼，但是特鲁普不喜欢和陌生人一起，他没办法分清跟他一起捕鱼的人是好是坏。把一船人的性命和利益交给别人是不安全的。

"我们要尽快换一个地方。"特鲁普看着一条跟着自己的船说。

丹悄悄地跟哈维说:"看来我们在大浅滩的日子不多了,最多两个星期,这下你就有可能碰到其他人了,这是不是你一直盼望的事情?但到那时,我们就要不停地干活儿,可能连吃一顿饭的时间都没有了。"

有一天,"海上号"在一片浓雾中行驶的时候,后面突然响起了脚踏雾笛的声音,水手们立刻放下铁锚。很快,一艘三桅帆船从后面的雾里冒了出来,特鲁普立刻让人敲了三次钟,还好那艘船放慢了速度,改变了航向。

"是法国人!我的烟丝刚好抽完了。"索特斯的视力很好,在浓雾中也看得清清楚楚。

"我的烟丝也快抽完了。"汤姆·普拉特说完,就朝着对面的三桅帆船用磕磕巴巴的法语喊道,"你们来自圣马洛吗?"

"是的,我们来自圣马洛。我们要看黑板,黑板!"对面的人一边挥舞着帽子,一边大喊着。

特鲁普让丹把黑板拿出来,把经纬度写在黑板上挂起来。那艘船上的人看到后开心地连声道谢。

"我们要不要问他们要一些烟丝?"索特斯一边说,一边摸着自己的口袋,他的口袋里面什么都没有。

"你的法语说得怎么样?我可不想换一些乱七八糟的东西回来。"

索特斯明显对自己的法语没有信心,连忙对哈维说:"小子,你会法语吗?"

"会,但会得不多。"哈维点点头,壮了壮胆子就冲着对方喊,"您好,请等一下,可以换给我们一些烟丝吗?"对方很快做出了回应。

然后，汤姆·普拉特和哈维坐上小船，没过多久就爬上了三桅帆船。上船后，哈维发现自己的法语还没好到能和人正常交流的程度，他只好微笑和点头，汤姆·普拉特也只能用手势和对方交流。

对方的船长特别热情，还用杜松子酒招待了他们，那酒的味道很特别，然后双方开始洽谈。对方的船长表示他们有很多美国烟丝，但是需要哈维他们用饼干和巧克力进行交换。随后哈维独自划着小船回到了"海上号"，特鲁普和厨师很快就把需要交换的物资带到了小船上。等哈维再次归来的时候，汤姆·普拉特的身上装满了烟草，他还开心地哼着小曲儿。

丹经常说在海上的渔船就应该互相帮助，但是后来发生的一件事告诉我们，这句话并非全对。

有一天，"海上号"遇到了一艘非常大的老式牲口船。虽然船的四周用甲板围了起来，但也难以阻挡牲口船散发出的恶臭。终于，"海上号"的一个水手受不了了，就用喇叭冲着那艘船大喊。过了一会儿，那艘牲口船停了下来，漫无目的地在海上飘荡着。

特鲁普命令水手们把船驶到牲口船的上风口，并用责备的语气大声喊道："对面的船，你们要去哪里啊？你们难道不为旁边的船考虑一下吗？像你们这种大得像谷仓的船，在公海上横冲直撞，根本就不考虑其他船只的感受。你们没有长眼睛吗？你们根本不应该去任何地方！"

牲口船的船长听了后，非常气愤，一边跳起来一边咆哮着说："你才没有长眼睛呢，我们已经三天多没有收到测向报告了，我们的舵手就好比是个瞎子，根本没办法航行的。"

"我们没有收到测向报告,不也一直在航行吗?你们不会自己用测探锤吗?自己估算一下深度啊!或者用鼻子闻一下啊!"

索特斯闻到了牲口的味道,勾起了他农夫的本性。他不由得为对面担心起来,便喊道:"你们给牲口吃的什么啊?牲口在海上运输时间久了会变瘦的,我有一种方法,就是把油籽饼弄碎……"

就在这时候,对面的船上一个穿着红色上衣的、管牲口的人出来了,假装客气地说道:"这位老爹,我感谢您的好意,但是现在还轮不到一个外人帮我们解决问题。"

"年轻人,你听我说……"索特斯想继续说些什么,但被对方无情地打断了。

"抱歉,你说的我们都懂。如果连种菜的泥腿子都跑到海上来指挥我们,那海里的海藻都要上来对我们指手画脚了。"

"索特斯,你怎么总是爱管闲事?"特鲁普气愤地看着索特斯。为了尽快地离开对方,特鲁普让人升起了写有经纬度的黑板。

"你们就是一群疯子!"那个牲口船的船长喊道,赶紧将看到的数据告诉了自己的船员,最后将一捆报纸扔到船上作为答谢。

"其实那艘船上的人还是不错的,他们像找不到家的孩子。我本想跟他们讲一些道理,但是你却搅了进来,还用一套令人反感的口吻跟人说话。为什么你总是把事情搞得很糟糕?"特鲁普在那艘船走远后抱怨说。

特鲁普生气了。索特斯认为自己没有错,但是也没再说些什么。

"为了一句话就生气,我认为一点儿都不值得。"直到晚饭的时候索特斯才开口说话。

"这是一句话的事情吗？他们至少要嘲笑我们好几年呢！还说什么把油籽饼捣碎，亏你想得出来。"特鲁普板着脸道。

"是的，还要加一点儿盐进去。"索特斯不明所以地接了一句。

朗·杰克不想大家为这种事生气，就说："特鲁普船长，你们都是为了帮助对方，至于用什么方法，那没有关系。即使他们嘲笑我们，我们也没有什么损失，对吧？"

"朗·杰克说得对。"索特斯似乎找到了靠山。

"还有就是，你如果要批评索特斯，可以用温和一点儿的语气。"

"哎，我也不知道我当时为什么用那么伤人的语气说话。"特鲁普似乎让步了。

"对啊，你给我一点儿提示，我就不说了，倒不是因为你是船长。我只是想给两个小孩子做一个榜样。"

这时，丹和哈维正坐在桌子下边，哈维喝着香甜的可乐，丹突然踢了哈维一脚，哈维的可乐都喷了出来。"哈维，听见了吧，最后还是要怪在我们头上。"丹指着头上的桌子说。

"确实是这样，但是说有些话之前，还是要搞清楚自己的身份。"特鲁普看向索特斯，他正好在碾碎一块板烟，这又让特鲁普的火蹿了上来。

"对，对，你说得对。"朗·杰克想尽快让争吵停止，赶紧讲了一个被当地人称为"航海家"的人被公司派去当船长的趣事，玛纽尔也趁机讲了一些关于"路西·霍姆斯号"的趣闻。

"对了，我们的船能去非洲吗？"哈维突然道。

"如果有必要的话，可以绕过合恩角去非洲。"特鲁普回答之后，又说起了自己父亲以前的一些事，最后总结说，"我们每个人都会犯一些大大小小的错误。"

"是的，你们两个小孩子一定要记住，犯错了就要勇于承担。"索特斯指着两个孩子说。争吵总算停了下来。

"海上号"继续向北行驶着，换了一个又一个地方，但每次都能捕获大量的鱼。

一个夜晚，索特斯突然在外面大喊："快来看啊，乌贼来了！"所有的水手都醒了。

乌贼是钓鳕鱼的上等鱼饵，大家非常迅速地换好衣服、找出装备。捕捉乌贼的装备是一种特制的渔钩，由一块涂了红漆的铅块和一圈弯针组成。乌贼很快被一只接着一只地钓了起来，每当乌贼被钓出水面的时候，都会喷出一团黑色的墨汁，如果躲闪不及时，抓它的人就会被喷得全身都是。

辛苦地忙活了一阵后，每个人都像是从煤堆里面爬出来的一样，但是看到甲板上的乌贼，大家心里都乐呵呵的。

第二天，大家用乌贼做鱼饵，果然钓到了很多很大的鳕鱼，还碰到了"凯瑞·皮特曼号"捕鱼船，他们希望用七条鳕鱼换一个大乌贼，但是被特鲁普拒绝了。

吃过晚饭，特鲁普让丹和玛纽尔给船装上缆绳、安上浮标，并启用了船上的阔板斧，以免停泊转向时有其他船只靠近。不一会儿，"凯瑞·皮特曼号"就放下小船靠近来打听情况。

"我爸爸不信任你们,他不希望有任何船只靠近,而且你们不讲信用,经常弄坏抛锚用具,因此你们的船经常在海上漂流。"丹说。

"你们要是不喜欢可以离开,我们这次出海并没有漂流过!""凯瑞·皮特曼号"上的人很不高兴地说。

丹和那人争论了很长时间,最后"凯瑞·皮特曼号"上的人落了下风,只好划着小船离开了。

日落时分,风向变了,风越来越大,还好海浪不是特别大,一根锚绳就能稳住。可是,"凯瑞·皮特曼号"却突然向着"海上号"撞了过来,这时丹和哈维正好在守夜。"快来人啊,有船要撞过来了!"丹喊道。

特鲁普毫不犹豫地砍断缆绳,让船只逆风行驶,才让"凯瑞·皮特曼号"平稳地过去了。

后半夜,"海上号"一直在锚链的牵引下行驶着,虽然速度很快,但是让人很不舒服。丹和哈维花了很大的力气和很多的时间才把缆绳接好,但是他们认为这比让"凯瑞·皮特曼号"撞上来要好得多。

第六章

第二天,"海上号"周围出现了许多由东北向西慢慢移动的帆船。船长特鲁普刚刚命令大家去维京群岛捕鱼的时候,海上就起了大雾。为了安全,水手们不得不放下锚,周围的船只也渐渐被浓雾遮挡,只能听见船上不断响起的钟声。

天还没亮,丹和哈维就起床了,因为白天睡得太久了,他们就偷偷去厨房拿煎饼吃。其实他们不需要偷偷摸摸地去,只是觉得这样比较有意思,这也算是对厨师的恶作剧吧。他们带着煎饼来到甲板上的时候,看到了一道人影,走近一看才发现是特鲁普,然后特鲁普就让他们两个去敲钟。

"要一直敲,不要停下来!刚才我隐约听到了什么动静。"特鲁普吩咐说。

钟声在大海上是那样的悠长,加上浓雾弥漫,就更加显得低沉。哈维敲钟的时候,听到远处一艘大班轮的汽笛声,声音是那样的微弱。

在大海上生活了这么久,他知道这意味着什么。

哈维想到以前在大班轮上的时候,坐着头等舱,天天盼望着能撞翻一艘小渔船,回想起来真是愚蠢极了。现在呢,他必须在凌晨四点不停地敲着钟,就是为了防止一艘时速为二十英里、船身为三十英尺高的大班轮撞上"海上号"。不可思议的是,船上熟睡的客人们都不知道他们可能马上要撞毁一艘渔船了。

哈维一想到可能会发生的事情,就越发努力地敲钟,他希望自己可以避免这一事件发生。

"那艘船的速度变慢了,应该在法律规定的范围内了。如果还是撞上了我们,他们应该也不会觉得惭愧了。"丹沮丧地说。

"呜——呜——"一阵紧急的警报声突然从不远处传了过来。

就在这时,警报声、叮当的钟声、海螺声,还有浓雾全部交织在了一起。哈维恍惚间看到远处有一艘船在靠近"海上号",这艘船仿佛有什么魔力,让哈维把头抬得高高的。

哈维费了很大的力气才看清楚,有一个湿漉漉的、特别高大的船头从他们旁边一闪而过,一股股水蒸气从舷窗中喷涌而出。哈维赶紧捂住脸,但是那股股热气紧贴着"海上号"的船舷扫了过去,使得"海上号"剧烈震动,在旋涡中打转。随后,那艘船消失在了迷雾中。

哈维觉得很难受,感觉自己马上就要吐出来了。就在这时,轰隆声从远处传来,像极了人的呻吟声。

"我们的船被撞了吗?"哈维恐惧地说。

"不是!好像是另一艘船,你继续敲钟,我跟别人去看看吧。"丹大喊着回答，然后去放平底船。

现在船上只有哈维、宾和厨师，其他人都划着小船走了。不一会儿，哈维看到一段双桅帆船的船头漂了过来，过了一会儿又漂来一艘平底船，又过了一会儿居然漂来一个穿着蓝色运动服的人，可惜他的身体已经不完整了，像是被什么东西狠狠地撞击过，特别惨烈。

看到这样的景象，宾吓得差点儿昏过去。哈维也不敢偷懒，只能继续敲钟，生怕下一次灾难会发生在自己身上。

那艘被斩断的船叫"杰克·库什曼号"，刚刚离他们不足半英里，此刻居然被撞毁了。特鲁普救上来一个白发苍苍的老人，但是他的儿子找不到了，恐怕凶多吉少。

"特鲁普，你为什么要把我救上来？你不把我救上来，我就不用把这里发生的一切告诉他的妈妈，为什么要让我承受这份痛苦？如果他的妈妈不知道发生了什么，她还可以靠劳动活着。但是现在呢？我该怎么面对？"那个叫杰森·奥利的老人发疯了似的哭诉着。

一个老人在一瞬间失去了儿子、失去了一整个夏天的劳动所得和赖以生存的一切，肯定非常绝望。

"请跟我走吧。"宾突然对老人说，他们对视了足足十几秒钟。

"好吧，我跟你走，说不定我还能找回一些东西。"老人平静后说，于是宾和老人走进船舱，不一会儿舱内就传出了祷告声。

"我没有为自己的亲人和那些死去的孩子祷告，但是我为他失踪的儿子祷告了，希望他能早一点儿回来。"宾用大家从没有见过的语气说着。

索特斯不敢说话,他也不知道宾的记忆恢复了多少,只是希望他不要想起曾经发生的事情。

"那件事情发生多久了?我只记得房子突然塌了,紧接着桥也塌了。"宾歪着嘴巴说。

"有五年了吧。"特鲁普发着颤说。

"也就是说,我给你们当了五年的累赘了!"

"不,不,不是的,你干活儿挣到的钱,比你花的要多两倍呢。"索特斯连忙解释道。

"我知道,你们是好人,可是……"

一艘双桅帆船的钟声打断了宾的话,那条帆船上的人喊道:"喂!特鲁普,你知道'杰克·库什曼号'发生的事情吗?"

"我知道!你们肯定救了那个老头儿的儿子对不对?"宾突然大喊道。

"我们救了杰森,那……你们也救了什么人吗?"特鲁普说话的时候,感觉自己的心都要跳出来了。

"我们也救了一个人,好像叫什么小奥利。我们找到他的时候,他困在船的前舱,我们昨天晚上被你们挖苦得好难受啊。"那个声音特意拉得很长地说。

"哈哈,我们以后不会这样了。"特鲁普说。

"嗯,我知道了。但是说实话,救小奥利的时候,我们的船真的有点儿漂移了。你们能将那个老人送到我们的船上吗?我们正好缺一个有经验的捕鱼手,我和他还有一点儿亲属关系呢,我发誓我会照顾好他的。"

"当然！我还要说，你需要我们船上的什么东西，尽管开口。我对天发誓，我会毫无保留地给你们使用。"特鲁普毫不犹豫地说道。

"别的不需要了，要是能有好使的铁锚就最好了。你赶快把他送过来吧，他的儿子小奥利受了太多刺激，需要他来安慰。"

特鲁普立刻把还在恍惚中的老人叫醒，送到了那艘船上。那艘船很快就消失在浓雾中了。

宾缩回原本挺直的身子，用和以前一样胆怯的声音问："索特斯先生，现在下棋是不是有些早了？"

索特斯赶快接话："伙计，你怎么知道我在想什么？"

"起锚！我们要离开这个鬼地方了。"特鲁普大喊道。

不一会儿，索特斯从船舱走了出来，告诉大家宾已经睡了。宾到晚饭时间都没有醒，而大家都没有去吃饭，在一起等了三个小时后，宾终于从船舱走了出来，告诉大家刚刚发生的事情都是他的一场梦，大家这才放心了不少。

经历了这次突然的撞船事故后，"海上号"继续向前行驶。在一个风和日丽的晴天，"海上号"到达了一个渔船小镇。这里有很多船队，大概有三支船队和两艘双桅帆船，东、西、北三个方向各有一支整齐的船队，他们的船加起来大概有一百多艘，船的样式也很多。在距离船队稍微远一点儿的地方，有一艘法国人的横帆船孤零零地停着，好像在给一百多艘船表演一样。

不一会儿，大部分船只就跟说好了似的，在海面上放下了小平船。

海面一下子就热闹了起来，人与人的交谈声、滑车和绳索发出的嘎吱声、船桨划水的声音，一时间热闹非凡。太阳也渐渐地升起来了，阳光洒在各式各样的船帆上，船帆有红色的、蓝色的、黑色的、黄色的，还有纯白色的。

那些小平船就像孩子在找自己的伙伴一样，一会儿聚在一起，一会儿又全部散开。船上的人打招呼的方式也千奇百怪，有大声唱歌的、有跳舞的、有吹口哨的、有起哄的。不一会儿，海面上就有星星点点的垃圾漂了起来。

"天哪，这里真的好热闹啊。看来真的是一个小镇。"哈维高兴地说道。

"看起来很热闹，其实这里的人口不是很多，只有一千多人而已。快来看，那边就是维京浅滩！"特鲁普一边说着，一边指着远方。特鲁普来到这里后就不停地和周围的船只打招呼，整整绕着北方的船队行驶了一圈后，才命令水手们下锚。在这片大海上，船上的人对那些技术过硬的船长都很尊敬，这些船长的船可以随意行驶在其他船中间。但是那些技术一般的船长，就免不了受到一番嘲讽和数落，甚至在他们正常航行时还会遭到其他船只的阻拦。

"现在是捕毛鳞鱼最好的时候！""玛丽·切尔顿号"上的人大喊着。

"是啊，可是我们用来腌制的食用盐不多了。""菲利普国王号"上的人哀叹道。

"那不是特鲁普船长的船吗？今天晚上要不要一起来我们船上吃

饭啊？！""亨利·克莱号"上的人邀请道。

其实这些船上的人们都没有见过面，只是知道彼此的一些事迹罢了。大家忙着捕鱼的时候是没有时间闲聊的，难得有机会可以彼此增进一下感情，所以大家都很热情。哈维被救的事情，大家好像都知道了，他们纷纷询问哈维的身体是否健康，是不是能成为一名好的水手。

丹很喜欢和这些人开玩笑，时不时地给他们起一些绰号，有时会把对方气个半死。但是大家都怕别人觉得自己和小孩生气很没有风度，所以他们不会表现出来。玛纽尔也在用他的家乡话和几个老乡诉说着自己的遭遇，还有海上发生的种种趣事。

维京浅滩的周围都是岩石，一个不留神，就可能把用来抛锚的索具弄坏，所以特鲁普让哈维他们给缆绳装上安全浮标，然后放下小平船慢慢地朝着其他船只行驶。安全起见，小平船要跟其他的船保持一些距离。

小平船行驶到其他船只中间的时候，周围的人开始用各式各样的语言对哈维的船技进行辱骂，声音大得都要把哈维的耳膜震破了。哈维一时间羞愧难当，恨不得立马找个洞口钻进去，他是第一次品尝到这种滋味。渐渐地，周围的人对哈维失去了兴趣，划向了其他地方，但是马上又有新的船只划过来，这让哈维想到了自己曾经看过的木偶剧，他在原地发呆了许久。

"汤姆·普拉特，我觉得很可能有一大批毛鳞鱼游到这里了，你说我们停在哪里呢？"丹拿着长柄捞鱼网问。

汤姆·普拉特一会儿和自己的老朋友们打招呼，一会儿又警告曾经和自己闹得不愉快的人赶快划船离开。不一会儿，汤姆·普拉特他们就在那些船的下风向处占领了最有利的位置，但是有一条小船趁机抢占了"海上号"船头下风向的位置。就在"海上号"的水手们苦恼的时候，又有一条船非常快地行驶过来，船上的人一边大笑着，一边快速地将锚索拉起来向南边冲了过去。

"快让你们的船停下来！把缆绳松一下！把锚索放下去！"旁边船上的水手们冲这条快速前进的小船喊道。哈维看到船上的人已经下锚了，但他还不明白这条小船为什么要快速前进。

"当然下锚了，但是他们的锚具移动了位置，很可能是被鲸缠住了。哈维快点儿，快撒网，一大群鱼已经游过来了！"丹向哈维解释，但他看向海面时，脸色突然一变。

周围的水很快就变暗了，一大群闪着银光的小鱼游了过来，还时不时地发出"嘶嘶"的声音。就在这时，附近的鳕鱼也在海面上跳动着，它们的后面还跟了几条灰色阔背鲸。

见到如此庞大的鱼群，水手们都非常高兴，这意味着今天会有不少收获。他们纷纷拿起手中的渔具，划着船向鱼群中间冲去，结果还没捕到鱼，就因为渔具缠绕在了一起而开始争吵。

在这一片混乱当中，哈维突然看到海平面上露出了一双鲸的眼睛，那双眼睛散发出哈维从未见过的凶光，他因此打了好几个寒战。很快，鲸就被三条船的索具缠住了，它把那三条船足足拖了半海里，才挣脱了索具游向了深海。

如果只是渔线缠在一起，倒不是什么大问题，但是锚索缠在一起，那可是大麻烦。很多船只对自己挑选的位置都信心满满，围绕着抛锚点转着，等发现鱼不上钩后，就想换地方，结果发现自己的锚索和别人的锚索缠在了一起，这时候一些没有素质的人就会割断别人的绳索，这个行为非常恶劣。汤姆·普拉特和玛纽尔一旦抓到要割断别人绳索的人，就会用手中的桨把他们打下船去。哈维的船也被别人割了锚索，所以干脆变成运输船，负责把同伴捕到的鱼运回"海上号"。

天快黑的时候，又游来一大群毛鳞鱼，船上的人又兴奋起来。直到天彻底变黑，所有人才回到船上，准备加工那一大堆鱼。

"海上号"的水手们一直忙到第三天中午才聚在一起休息，开始打趣彼此。大家把索特斯对肥料的看法当成笑话，还有人说玛纽尔上岸后就开始出丑，甚至还有说哈维像女人的，每个人都为大家提供了笑料。

当几十条船聚在一起捕鱼的时候，就会有人斗嘴。直到有大浪朝着他们袭来，为了避免互相碰撞，聚集在一起的小船才会纷纷散开。要是浪头一直这么大，那海滩就会立马炸锅。偏偏有个戈尔韦人和他的外甥自以为是地收起了锚，从一块岩石旁边划了过去。当一道道大浪打过来的时候，他们的小船被掀起来好高，不一会儿又被打入浪底。那条船在离一块巨岩不远的地方下了锚。有的人说那里太危险了，有的人反而支持那条船上的人探索新海域，还给他们呐喊助威。

其实，那条船上的人就是为了出风头。后来朗·杰克实在忍不住了，就把船行驶到他们后方，把他们的锚索割断了。

"你们没有发觉已经碰到下面的岩石了吗？我是为了你们的安全着想，快点儿划回去吧。"朗·杰克大喊道。

那两人发现后，发疯似的准备跟朗·杰克大吵一架，这时，一道巨浪突然打了过来，拦住了那两人的小船。一阵咆哮声过后，浅滩周围二三英亩的海面全是白花花的泡沫，这道巨浪让人心惊胆战。等大家回过神的时候，所有的人都对朗·杰克刚才的举动赞叹不已，还有人鼓起掌来，那两人也把刚才想骂的脏话吞了回去。

丹对着哈维说："怎么样？这道浪花是不是很壮观？这是纽芬兰大海滩上最壮观的景象，每十五分钟就会来一次。要不是朗·杰克割断了那两个人的锚索，将他们带离那里，那么今天这个海滩上就会多两具尸体了。"

从迷雾较浓的方向突然传来了一阵叫喊声，一艘很大的黑色三桅船缓慢地行驶过来。船的体积很大，足足有八百吨，它的主帆已经卷了起来，上桅帆在风中摇摆着，船头的雕塑上刷了一层金色的油漆，那座雕塑刻的好像是一个在人群中提着长裙迷茫奔跑的女子。

"欢迎你们！"爱尔兰人喊道。

"这船是从哪里来的？"哈维好奇地伸长了脖子。

"它肯定是从美国巴尔的摩来的，你看它行驶得多么小心翼翼，等会儿要好好嘲讽一下船上的人。"丹说。

周围的船都开始对那艘大船评头论足。过了一会儿，那艘大船上的人实在受不了了，就回了几句刻薄的话。这下大家都不捕鱼了，互相对骂起来。

三桅船船长听到了许多奇怪的问题。有人问船买保险了吗，有人问船上的铁锚是偷来的吗，有人问他们是不是把垃圾倒在了海里，所以鱼群都跑了；甚至还有一个男孩子，大胆地把自己的船行驶到大船尾处，拍打着大船的屁股说道："老伙计！你们该起床上路啦。"

那艘大船上的厨师听不下去了，就将一大盆锅底灰倒了下去，被洒得一身灰的那个人也不服输，随手丢了鳕鱼头上去，还说要把那艘船大卸八块。最后船长实在受不了了，下令把船开走了。

其实水手们嘲讽大船上的人并没有什么恶意，他们只不过是想打发无聊的时间罢了。如果那艘大船上的人们遇到什么危险，他们会毫不犹豫地施以援手，大家见那艘大船已经平稳地驶过了维京浅滩，才有这样的心情开开玩笑。

维京浅滩上的海浪呼啸着拍打了一夜，天亮后，海面上满是泡沫，白茫茫的一片。大家起床后都做好了随时出发捕鱼的准备，只是谁都不想第一个出发，都在等待第一位先行者。将近上午十点钟的时候，"日之眼号"上的杰拉德兄弟终于忍不住，第一个出发了。

大家看到有船出发，就纷纷放下平底船下海了。不到一分钟的时间，就有将近一半的船只放下了平底船。大家都认为海浪呼啸了一夜，现在应该不会那样恶劣了。结果大家都错了，海面上的海浪依旧很大，一浪接着一浪不停地涌向平底船，所有的船只都在浪中颠簸。

特鲁普并不认为今天是捕鱼的好时机，他让水手在船上加工鱼。不出所料，到了晚上的时候，风比白天还要大，"海上号"也就顺理成章地成了平底船上那些"落汤鸡"的避风港了。

"海上号"的水手们见状也纷纷放下了手里的工作，全部到甲板上随时准备救人。甲板上时不时地有人喊："快来人，有船过来了！"他们就熟练地把准备好的钩子放下去，连人带船一起拉上来。不一会儿，甲板上就杂七杂八地堆满了平底船，人满为患，就连船舱里都挤满了人。

哈维和丹守夜的时候，大浪多次冲到甲板上。为了防止浪把他们冲走，他俩跑到了前桅斜杠处，手忙脚乱地用缆绳缠住自己。他们还看见海面上有一艘平底船在漫无目的地漂着，突然一道巨浪将平底船拍成碎片，一个船员被甩了出来，恰好撞在了"海上号"的甲板上。

天快亮的时候，又有一个受伤的人爬上甲板，并问有没有人看到他的兄弟。吃早饭时，船上比平时多出来七个人。

第二天天一亮，浅滩上所有的船队开始清点人数。大部分人受了伤，有两个葡萄牙人和一个格洛斯特的老人被淹死了，曾经和他们交换过烟丝的法国船上也有一个人被淹死了。哈维和船长用望远镜观察着他们的葬礼，发现法国船上那个死去的人没有任何家属，法国人在船上举办了一场拍卖会，售卖他的遗物。丹和哈维借着捕鱼的名义，跑到那艘船上看热闹，顺便买了一把铜柄小刀和一个带有皮带的刀鞘。他们从法国船上下来时，天空正在下毛毛雨。当他们准备出去捕鱼的时候，白茫茫的浓雾飘了过来。

"哈维，我们就在这里抛锚吧，但愿等会儿雾会小一点儿，记得要用大一点儿的铅锤。"

哈维已经不是很惧怕浓雾了，他和丹安静地钓了一会儿鱼。鳕鱼上钩的速度还是很快的,等鱼上钩的时候,丹把刚刚买的刀拿出来把玩。

"你看,这刀其实很好看,但他们为什么要这么便宜地卖给你?"哈维羡慕地问。

"其实这多亏了他们的习俗,我听说他们从来不拿逝去之人用过的铁器,所以我们出价的时候,基本上没有人和我们争抢。"丹挥舞着那把刀说。

"但是拍卖得到的和直接拿来的是两回事啊。"哈维说。

"没错,这个道理我想只有文明国家的人才能明白。"丹说着就吹起了悦耳的口哨。

"不过,那个东港来的人不是拍走了一双靴子吗?他为什么不买刀具呢?"

"这是因为,法国船长告诉他这把刀杀过人,所以他就不敢买了。"丹解释道。

"天啊!"哈维兴奋地尖叫起来,"你要不把它卖给我吧,我出一块钱,但是要等我发了工资才能给你,如果你嫌少,两块钱也可以。"

"你真的喜欢吗?"丹看上去比哈维还要兴奋,"跟你说实话吧,其实这把刀我就是准备送给你的,我只是想确认下你喜不喜欢。现在我知道了你很喜欢,那这把刀子就送给你当作礼物了。"说着,丹就把刀子连同刀鞘一起送给了哈维。

"这样是不是不太好……"哈维扭捏地说。

"我们可是这艘船上最好的搭档,快拿上吧。"

"谢谢！我这辈子一定时时刻刻都带着它。"哈维终究抵挡不住刀子的诱惑。

"听到你这么说我就很满足了！"丹开心地笑着，一边指着水面说，"你的渔线怎么那么紧？"

"可能被什么东西缠住了吧。"哈维赶快将刀鞘的腰带系好，系腰带时他还听到刀鞘尖碰到平底船发出的嘎吱声，他很喜欢这种声音。

"我感觉不太好，可能是碰到'草莓'了，你觉得是它吗？"

"不，我觉得不是。很可能是大比目鱼，要真是比目鱼的话，那我们可赚到了，快把它拉上来看看。"丹一边说着一边试探地拽着渔线。

他们一起用力地把渔线缠在鱼竿的楔子上，重物也慢慢地浮出了水面。

等重物彻底浮出水面的时候，丹和哈维脸都吓绿了。因为那个重物正是前两天那个被海葬的法国人，他们俩吓得跌坐在平底船上。

"肯定，肯定是潮水又把他冲过来了！"哈维胆怯地说，同时用手在腰间摸着那把刀。

"哈维，我觉得他可能是来要回他的东西的，我们还是还给他吧。"丹哆哆嗦嗦地说。

"好，我不要了，我还给他，给他！"哈维结巴着说。丹壮着胆子将渔线割断，同时哈维也将刀子解了下来，用力扔到了很远的地方。

"我不要就好了，要不他肯定会缠上你的渔线的。"哈维苦恼地说。

"唉，被他这么一折腾，感觉我们都要少活十年。"丹说着，额头上冒出了冷汗。

"你说，他这把刀究竟做了多少坏事？"

"我想一定不少，他肯定是带着这把刀接受审判去了。"丹一回头就看到哈维正在抓鱼，"你拿着鱼干什么？"

"当然是扔回去了，难道你准备把它们都带回船上吗？"

"为什么不带回去呢？又不是给我们吃的。"

"你想留就留着吧！反正我捕到的是一条都不会带回去的！"哈维说完，将鱼一条接一条地扔回大海。

丹不再问了，也把自己的鱼扔回了大海。"真希望能马上回到船上，就算被狠狠地揍一顿我也心甘情愿。"哈维低声喃喃道。

就在这时，他们听到一个声音，仔细分辨后发现是厨师的声音。哈维瞬间打起了精神。

"丹，哈维，你们在哪儿？"厨师的声音再次响起。

"这里，我们在这里呢！"很快，厨师就循着声音找到了他们。哈维和丹一人一句，立刻把刚才发生的事情讲了一遍。

"嗯，他肯定是回来拿回他的刀子的。"厨师听完后说。

当他们回到"海上号"时，感觉自己就像是在外漂泊很久，终于回到了家。本来特鲁普大喊着要狠狠地揍他们两个一顿，但是听过他们的经历后，不但没有痛打他们，反而把他们当成从战场上凯旋的英雄一样。这下，所有人都围过来问发生了什么事情。

第二天，大家又都忙碌了起来。

"海上号"与"派瑞·诺曼号"最后这几次捕鱼的数量差不多，于是大家打了一个赌，看看哪艘船将会是捕鱼最多的船，赌注无非是一些烟草。浅滩上所有的船只都参与了。

往后几天，船上的人铆足了劲儿捕鱼、加工鱼，甚至连厨师都加入了加工鱼的行列，直到晚上什么都看不见的时候，大家才去休息。不过，"派瑞·诺曼号"上的一个水手在捕鱼的过程中受了伤，所以这艘船的捕鱼速度慢了一些。这让"海上号"抓住机会，将数量超了过去。在哈维看来，船上真的一条鱼都放不下了，但是每次特鲁普和汤姆·普拉特总能把鱼剁好并腾出新的位置，或是压一压，挤出新的空间。每天，哈维他们都要划着小船去捕鱼。

有一天，船上储存的盐全部用完了，但是特鲁普没有立马宣布这一消息，他跑到储藏室把最大的主帆拿了出来。早晨十点钟，"海上号"升起了主帆和中桅帆，这下大家都知道要返航了。很快就有很多人划着平底船向"海上号"靠了过来，他们一是为了表示祝贺，二是将自己写好的信件请"海上号"带回去给他们的家人。

"海上号"的旗子很快升了起来，升旗是第一艘离开浅滩的船才有的权利，它预示着"海上号"即将返航。特鲁普以询问大家还有没有需要带的信件为借口，在无数船只中间巡游，实际上是为了炫耀自己的胜利果实。连续五年的优异成绩足以证明他是这里最伟大的船长。

这时，丹拉起了手风琴，汤姆·普拉特拉起了小提琴，大家也一同唱起那首盐用完了才会唱的歌：

"嗨！嗨！我们的盐已经彻底用完，快快收起铁锚回家去……"

后来，又有一些绑着煤球的信件被扔到了"海上号"上，还有一些人过来让特鲁普他们帮忙给家人带一句平安顺利的口信。"海上号"也渐渐地从众多船只中驶向了寂静无浪的海面，它的前帆在风中飘荡着，好像在和大家挥手再见。

哈维发现，"海上号"和他之前认识的已经完全不同了。现在，即便是非常好的天气，舵轮也会像狮子一样对着海水咆哮撕咬。被船体压过的浪花不断地产生新的泡沫，那些泡沫在阳光下白得让人睁不开眼睛。

特鲁普不停地在船上指挥着大家的工作，等船帆都变得像赛艇上的帆一样平整后，丹依然要守着上桅帆，以便在方向稍微改变的时候，能第一时间拉回原来的位置。闲下来的时候，大家还会去船舱下泵水，因为鱼堆会不停地流出盐水，如果不及时清理，鱼的质量就会变差。

在这个不需要捕鱼的时候，哈维又对大海重新认识了一番，他感觉满载而归的船和大海更加亲密了。有时候甚至觉得它们在说悄悄话，说一些只有它们自己才听得明白的话语。对哈维来说，最有意思的事情就是和丹一起在上舵轮工作。

当"海上号"离开寒冷的纽芬兰大浅滩，经过圣劳伦斯海峡时，水手们看到运送木材的轮船穿过海峡向魁北克方向驶去。

快到阿提蒙浅滩时，东北风突然吹来，"海上号"便顺风而行，一直驶过韦斯特恩和勒哈佛，最后来到乔治浅滩的北部。

"我已经迫不及待地想见到海蒂了！你知道我上岸后最想做什么事情吗？"丹红着脸对哈维说。

"好好地洗个热水澡！"哈维笑嘻嘻地说。

"那是当然，不过我更享受穿上睡衣睡觉的感觉，我相信妈妈一定给我买了新睡衣。你看我们马上要到暖流区了，我仿佛已经闻到了月桂的味道。"丹脸上洋溢着幸福。

此时此刻，海面上风平浪静，没有一点儿风，也没有一点儿浪花，蓝色的海水显得格外安静，这是雷雨天的前奏。果然，不一会儿天边就电闪雷鸣，雨也不甘示弱地从天空倾泻而下。

大家终于看到了期盼已久的陆地。一艘专门捕箭鱼的小船正好从"海上号"旁边经过，小船上的人热情地打着招呼："特鲁普船长，好久不见！最近有没有什么特别的新闻呀？"特鲁普并没有热情地回应，只是寒暄了两句就让人继续行驶。

又经历了一阵暴风雨后，"海上号"缓慢平稳地驶进了港口。格洛斯特港口和周围的山峰清晰可见。

"对了，快降半旗！"特鲁普突然大喊道。

"为什么啊？"朗·杰克不解地问。

"当然是为了奥托，虽然他不是格洛斯人，但是他今年准备和这里的一位姑娘结婚，但愿这位姑娘能承受住这突如其来的打击。"特鲁普说。

"海上号"终于靠岸了。重新返回陆地让哈维很开心，他贪婪地吸着雨后泥土的芬芳，假装安静地站在那里，其实心脏都快跳出来了。

岸上有人扔来一根绳索，大家顺势将船绑在了岸上。

一个坐在码头边缘磅秤上的高个子女人一下子站了起来，冲到船上，来到丹的身边，她用颤抖的手托着丹的脸就是一顿猛亲。原来这就是丹的妈妈，雨还没停的时候，她就已经看到船回来了。

哈维看到团聚的画面，忍不住哭了起来，越哭越厉害。丹的妈妈见状连忙过来安慰哈维，特鲁普站在一旁说了救起哈维的整个经过。

天刚蒙蒙亮，哈维和其他船员们就来到了特鲁普家中。可惜的是电报局还没有开门，所以还不能给家里发电报。

最开始，鱼商乌夫曼并不接受特鲁普船长开出的价格，他认为这个价格太高了，但他听说"海上号"是第一艘回来的捕鱼船时，立刻就接受了特鲁普的报价。

这下，大家都开心地逛街去了。朗·杰克在大街上拦下一辆有轨电车，还骄傲地告诉售票员说，他是第一艘回港的"海上号"的船员，所以有权利免费乘坐一次电车，售票员居然同意了。丹扬着他那满是雀斑的鼻子，派头十足地在家里走了一圈又一圈。

"丹，你要是再这样走路，我可要揍你一顿了。一到岸上你就一副傲气十足的样子，我真不知道有什么可骄傲的。"特鲁普闷闷不乐地说。

"他要是我儿子，我早就揍他了。"索特斯阴沉着脸说。

"我可是你的亲生儿子！"丹回应了特鲁普一句，继续抱着手风琴在后院绕圈圈。其实他早就想好了，如果特鲁普真要揍他的话，他就翻墙逃跑，"对了，我已经说过了，要是有一天你发现自己判断错了，可不要怪我。"

"你现在怎么和哈维一样不正常了？每天就知道傻笑，还喜欢在桌子下面搞小动作，弄得大家都不得安宁。"

"比起现在，将来的事情才让人吃惊呢！不信你就看着吧。"丹回了一句。

丹和哈维乘坐有轨电车来到东格洛斯特，他们穿过月桂树丛，来到灯塔边上，一起躺在红色的鹅卵石上休息。哈维突然拿出一封电报给丹，还说一定要保守这个秘密，一个字也不要跟其他人说。

"哎，我觉得哈维的家人看来也不是什么大人物，不然为什么现在还没听到什么消息呢？哈维的父亲好像在西部开了一家店，说不定他会给你五块钱作为报酬呢。"吃过晚饭后，丹故作沮丧地说。

"我说了多少次了，不要把唾沫星子喷到别人的饭菜里面。"索特斯生气地吼道。

第七章

  对一个非常有责任感的人来说，不管身上发生了多少令人苦恼的事情，他也要像什么事情都没有发生过一样，把所有事情做到最好。

  哈维的父亲切尼六月份的时候就来到了东部，在这里他看到了昼夜思念儿子的妻子，他们都以为哈维已葬身大海。切尼太太已经精神崩溃，看起来就像疯了一样。切尼为此请了很多医生、护士、心理咨询师，甚至连专门按摩的女人都请了很多。尽管如此，切尼太太的病始终没有好转。

  此时，切尼太太正在病床上躺着，她嘴里面总是不停地念叨着失踪的儿子。她有时还让别人跟她说，溺水身亡的人是不痛苦的。切尼很担心自己的太太会一时冲动做傻事，因此他每时每刻都待在太太的身边。

  虽然切尼从不和任何人说起他的苦恼，但是他的内心十分痛苦。有一天，他在日志上写道：这样的日子何时可以结束？

以前，切尼总会想象，当儿子大学毕业后，他就放下手上的一切事情，一点儿一点儿地教导他，直到他学会如何管理家中的事业。看着那些整天忙于工作、从来不抽空陪伴孩子的父亲，他总是告诉自己，用不了多少时间，哈维就可以和自己一起忙事业，他肯定会成为自己强有力的伙伴、盟友、搭档，说不定会创造出比现在更辉煌的业绩。可是现在，他的孩子在大海中淹死了。切尼记得，有一年他带人去运送茶叶，一个瑞典的水手掉进大海淹死了，他的妻子哭得快要疯掉的样子，真是让人感到难过。而现在呢，他要一边忍受失去儿子的痛苦，一边忍受太太每天的折磨，还要忍受医生、护士等人的不耐烦。现在，他已经完全没有精力去管理自己的事业了。

切尼带着太太来到了圣迭戈，他在这里也有一栋房子。因为房子没有装修好，所以他让妻子和随行的人住在装修得相对完整的一侧，自己则住在一间简陋的小屋子里面。秘书和一个兼职打字员会来这间屋子帮助切尼处理一些事务，比如他名下铁路的运费问题，俄勒冈木材基地工人罢工的事情，还有与他有宿仇、现在准备公开反对他的人挑起的事情。

以前，只要有人公开向切尼发起挑战，他就会毫不犹豫地站起来接受挑战，可是现在他却是一副无精打采的样子。他总是把黑色的帽子压得低低的，低到看不到鼻子，他那高大的身材缩成一团，眼睛总是盯着自己的鞋子。他一边漫不经心地听着秘书说话，一边打开还没有处理的邮件。

切尼想，他是不是应该把手上的事情都放下，放弃自己一切的生意，但他不知道这会付出什么样的代价。他之前买过一份巨额保险，如果他放弃自己的事业，那么他每年都会收到一大笔年金，这样的话，他就可以带着妻子去华盛顿和南卡罗来纳群岛去参加社交活动了，甚至还可以偶尔去他在科罗拉多州的几个公司看看，这样做也许对妻子恢复健康有帮助，同时也会让他忘记一些事情。

突然，打字机的声音停了下来，打字员和秘书看到一封从旧金山发来的电报，脸色瞬间变得苍白，电报的内容是这样的：

"数月前我从船上落水了，被捕鱼船"海上号"所救，曾在纽芬兰浅滩捕鱼，现一切安好，居住在格洛斯特的特鲁普船长家中，等待汇款或指示，妈妈还好吗？哈维。"

切尼看到电报后，他的眼中闪过一丝亮光，但是那亮光瞬间就黯淡下来。切尼手中的电报掉在地上，他垂着头、呼吸沉重，于是秘书赶快跑去把照顾切尼太太的医生请了过来。秘书回来的时候，看到切尼在来回踱步。

"你们说，这会是真的吗？会不会是有人在骗我们？"切尼激动地说。

"我想应该赶快告诉太太这个消息。"医生提议说。

"要是对方是个骗子呢？我怕她会更加糟糕。"

"他们这样做有什么好处呢？这种事情一查就知道真假了，我想电报应该是你儿子发来的。"医生冷静地说。

这时，一位法国侍女没有敲门就闯了进来，在这个家里，一般只有用高薪雇佣的侍女才敢这么做。她对切尼说："切尼太太有事找你，你要赶快过去一趟。"

这位身价千万的男人低着头，跟着侍女出去了。方形白木楼梯下传来了一声软弱无力的询问："发生什么事情了？"

当切尼对太太说出那封电报的内容时，一声刺耳的尖叫声打破了这栋楼房的宁静，紧接着就是一阵欢呼声。

"肯齐小姐，这下好了，切尼太太的病要好起来了！"医生胸有成竹地说。

"是的！但是这下我和秘书米尔森就有的忙了。"打字员肯齐小姐对着医生点点头，他看到米尔森的目光早已经看向了那幅美国地图。

"米尔森，马上排出私人火车时刻表，我要横穿整个美国，直接到达波士顿。"楼下响起切尼的叫喊声，声音听起来很急切。

"我也是这样认为的。"米尔森立刻转向肯齐小姐，他只做出一个电报的手势，肯齐小姐就立刻开始了工作。

肯齐小姐敲着电报，联络所有相关火车站的站长，当做好一切安排的时候，她突然想起还没有回复哈维的电报！根据切尼的指示，肯齐小姐传电报告诉哈维，会在约定的时间到波士顿与他们会合。

没过多久，电报机上收到了从洛杉矶方面发来的电报，电报的内容是："这次出行的目的是什么？可以告诉我们原因吗？我们感到非常不安。"

十分钟后，芝加哥方面也发来电报："要是有什么重大的犯罪事件要发生，请及时告诉这里的朋友。"

当切尼看到站长们发来的惊慌失措的电报时，他突然挤出一丝冷笑："他们肯定认为我要开战了，不过告诉他们好了，此行的目的只是要见我的儿子。"

站长们都舒了一口气，原来切尼是为了见自己"死而复生"的儿子，他们不假思索地给切尼全程开了绿灯。

这个周末无疑是电报局最忙碌的时候，工作人员不停地从各个地方接收电报，再发往需要传达的地方。

未来几天，很多城市中的人都在为接待这位大富翁做准备。这就意味着，那辆镀金的"康斯坦丁号"私人火车以及一列机车、带着车组人员的混合车厢，会在两千三百五十英里的铁路上畅通无阻地狂奔。

这趟私人火车比其他火车要优先通过任何地方，火车上的工作人员和需要调度的人员也已经全部通知到位了。这次出行需要最优秀的十六个火车头、十六位火车司机、十六位锅炉工。中途更换车头必须在两分半内完成，火车的加水时间不能超过三分钟，加煤时间不能超过两分钟。

星期天，天刚蒙蒙亮，切尼的火车就离开了圣迭戈。"天气越来越热了，我们要以最快的速度到达，我觉得你没必要戴着帽子和手套了，你应该先吃药，然后休息一会儿。"切尼望着太太说。

"没事的，让我戴着帽子吧，戴着它我会觉得我们能更快地到达那里。"切尼太太固执地说。

"还是休息一会儿吧,等你醒了我们就到芝加哥了。"

"可是我们最终要去波士顿啊,孩子他爸,你让他们开得再快一点儿吧。"就这样,火车飞速行驶着,谁都没有坐过如此快的火车,包括那些一生都在火车上的工作人员。

特等车厢里,切尼太太旁边的法国侍女被如此快速的火车吓得脸色苍白,她用手牢牢地抓着门把手,切尼太太有时也低声叫喊着。

火车上的司机们驾驶经验都很丰富。刚出发的时候,他们都胸有成竹,但是"飞车表演"结束时,他们全都面色惨白。不过到达大堪萨斯州的时候,切尼发现时间比计划的早了一个小时,他非常开心。

路上,大家都不怎么说话,每个人都心事重重。秘书和打字员坐在椅子上,看着车窗外的风景,时不时低头记录一些什么。切尼手里夹着一支没有点燃的雪茄,在豪华车厢接口处来来回回地走着,车组人员看着切尼焦急的样子,甚至都忘了他是竞争对手公司的老板了。

火车到达道奇市的时候,一个陌生人突然往火车内扔了一份堪萨斯州的报纸,报纸上居然有一篇关于哈维的访谈,这应该是哈维发电报的时候碰到的那个记者写的。看到这篇新闻报道后,切尼夫妇更加相信这张报纸上报道的孩子就是他们日思夜想的儿子,这让他们夫妇二人放心不少。

前面的村庄和城镇越来越密集了。现在正是一年中最炎热的八月,切尼太太因为中暑,有一些晕晕沉沉的,觉得速度表上的指针好像停止了转动,她急切地问道:"现在是最快车速吗?我看不太清速度表了。"

"亲爱的，现在已经是最快的了，我们肯定会在高级快车到达之前到那里的。"

从圣迭戈到芝加哥实际上用了五十七小时五十四分钟，这打破了之前所有火车的行驶纪录。到达芝加哥之后，就由高级快车来充当车头，这样算下来，全部的路程，从西海岸到东海岸一共用了八十七小时三十五分半。

切尼夫妇一下火车就见到了哈维，一家人紧紧地相拥在一起，在经历过生离死别后，他们都流下了喜悦的泪水，周围的人们也被他们感动得流泪。切尼夫妇准备了一大桌子美味佳肴为哈维接风，哈维已经很久没有吃到这么美味的食物了。他一边大口大口地吃着食物，一边兴致勃勃地讲着他在海上的种种经历。只要哈维有一只手闲下来，妈妈就会握住他的手。她发现现在的哈维已经变成了一个男子汉，他的嗓音浑厚，手掌因为劳动变得厚实，手腕处也有加工鱼留下的伤痕，身上还散发出阵阵鳕鱼的味道。

一向善于识人的切尼看着阔别已久的儿子，发现儿子的变化如此之大。虽然他不知道儿子经历了什么，但他意识到自己曾经对儿子的关心是那么微不足道。在切尼的记忆中，儿子还是那个不懂礼貌、从来不会在意别人感受的孩子，他时常惹得妈妈哭泣，有时把爸爸气得暴跳如雷。但是现在坐在他旁边的这个孩子，身体健壮，目光笃定而且自信，对所有人都很有礼貌，这表明哈维已经是一个全新的哈维了。

"一定有人逼迫他做了一些他不喜欢的事情，还好现在他已经回来了，这些事情永远不会再发生了。"切尼在心里默默地说，"不过现在看来，就算把他送到欧洲去留学，也未必会比现在的情况好。"

"你为什么不把你的身份告诉特鲁普船长啊？你应该让他立刻把你送到岸上，你应该知道你的爸爸是不会亏待他的。"哈维的妈妈不停地说着这句话。

"妈妈，他叫狄斯科·特鲁普，他是所有的船长中最优秀的。"哈维的言语中透露出敬佩之情。

"妈妈，您说的这些我都知道，只是他们当时认为我是一个疯子。可能是因为我说我口袋里的钱被他偷走了吧，所以他才这么认为。"

"孩子，你掉进海里的那天晚上，有个水手在弗拉格斯塔夫附近捡到了你的零花钱。"切尼太太一边擦着眼泪一边说着。

"这就对了。其实我也觉得不是特鲁普船长拿的，我只是不想留在船上干活儿罢了，他当时还冲着我的鼻子打了一拳，流了好多血呢。"

"天哪，我可怜的孩子，他们是不是时常虐待你？"

"并没有，我反而觉得我的每一天都过得非常充实。"

切尼看到哈维的眼睛中闪烁着对未来充满希望的光芒，这是之前他一直希望看到、但是没看到过的东西。

"特鲁普承诺每月给我十美元五十美分的薪水，现在他已经付完一半了。虽然我现在还做不了大人的工作，但是我已经学会驾驶平底船了，而且我比特鲁普船长的儿子丹要强得多。我想告诉你们，你们都不知道想拿到那微薄的薪水需要做多少工作！"

"儿子，你要知道我刚开始工作的时候，一个月只有八美元五十美分的薪水，你的薪水已经很多了。"切尼轻描淡写地说。

"爸爸，我从来没有听你讲起过这件事情。"哈维很震惊。

哈维又把船上的人一一介绍了一遍，有特鲁普、丹、汤姆·普拉特、朗·杰克和玛纽尔等人，他还不断地说这是他应该永远记住和感谢的人。

"孩子，爸爸一定会想办法帮助他们的，听你这么说，我知道他们肯定是特别好的人，你就放心吧。"切尼向哈维保证。

"对了，爸爸，明天能把火车开到格洛斯特吗？我特别想看到船长他们惊讶的表情。而且，有人买下了全部的鱼，我明天还要把鱼全部都卸完呢。"

"你的意思是你明天还要去干活儿吗？要不要我找个人替你去做？"切尼惊讶地看着儿子。

"不行！"哈维立马拒绝了爸爸的好意，"我答应过他们我会按时回去的。他们都夸我比丹聪明，我现在负责管账，账本就在我身上。"

看着哈维这么认真地对待一件小事，切尼真心为他感到开心和自豪。他让哈维先睡一会儿，并保证火车一定会到。

哈维躺在沙发上，不一会儿就睡着了，甚至忘记了脱掉鞋子。看着儿子的脸，切尼又一次觉得自己没有尽到父亲应尽的责任。

第二天早晨，火车如约停在了格洛斯特，哈维也开始忙碌起来。切尼太太想看看儿子到底是如何工作的，切尼就陪着太太一起穿过满是油布雨衣的商铺，来到了乌夫曼的码头，"海上号"就停在那里，他们大老远就看到儿子正代表船方在和码头上的人一起称鱼。

"可以了，起吊！"特鲁普大喊一声，玛纽尔应声把鱼吊起，码头上还有丹让人把筐荡到船边的声音，以及哈维大声喊出鱼的重量的声音。

等最后一筐鱼称完，哈维就跳到横索上，来到特鲁普身边，把账本交给了他，哈维用洪亮的声音对他说："二百九十七公担①，已经全部都搬完了。"

"船上一共有多少鱼呢？哈维。"特鲁普问道。

"八百六十五公担，总共的价格是三千六百七十六美元二十五美分。我是不是可以得到一份额外的奖励？"

"当然！你现在去乌夫曼的办公室，把账目交给他。"

切尼看工作已经做完了，于是对不远处的丹问道："请问刚刚那个算账的孩子是谁？"

丹现在和陌生人打交道已经很熟练了。他看眼前的人像是来避暑的游人，于是立刻回答说："他是我们从大海里救上来的人，他说自己是从大班轮上掉进海里的，但是呢，他现在已经是一个水手了。"

"那他作为一个水手是否合格呢？"

"当然合格，我想你们肯定是想去船上看一下吧？"丹开心地说，他就让自己的父亲架了登船的梯子，将切尼和太太请到了船上。

"我觉得你对哈维的印象不错啊。"特鲁普微笑地说。

"是的。"切尼认真地回答着特鲁普的问题。

"他是个非常优秀的孩子，干活儿一点儿也不马虎。你们知道吗？他可是我们从茫茫的大海中打捞上来的，刚救上来的时候，他的脑子

---

① 1公担=100千克

有一点儿问题，经常说一些乱七八糟的话，但是现在他的脑子已经恢复了正常。"特鲁普一边讲着哈维的事情，一边带着切尼夫妇参观。一旁的索特斯还说着哈维的坏毛病，并表示哈维就是被丹带坏的。

丹在甲板上开心地跳着，因为哈维昨天就悄悄告诉他，今天哈维的爸妈会过来。丹冲着舱口盖儿向大家悄悄地说："你们知道吗？现在舱里的那对夫妇就是哈维的父母，我看他们的打扮就能肯定是特别有钱的人。"

"我的天哪！"朗·杰克怪叫了一声，"这么说，他以前讲的故事都是真的。"

"当然了，就是不知道我老爸到那时是什么表情。"

丹拉着朗·杰克在一旁看热闹，他们听到哈维的爸爸说："您这么夸奖他，我真的非常开心，因为他是我的亲生儿子。"

"什么？！"特鲁普吃惊地张大了嘴巴，不停地打量着他眼前那个自称是哈维父亲的人。

"我们是四天前接到的电报，于是马上就赶了过来。"切尼说。

"那您还真是神速啊！我知道您是坐私人火车过来的，哈维跟我说过。"丹接过话来说。

"我错得好离谱！对不起，切尼先生。我当时居然以为哈维疯了，因为哈维说起钱的样子太古怪了，而且……我还打过他。"特鲁普说完羞愧地看着切尼。

"嗯，他给我讲过这件事情，但是我并不认为您这是在虐待孩子，特鲁普先生。"切尼一脸平静地说。

切尼太太一直安静地观察着周围的每一个人,虽然这些人都是粗人,但她认为这些人都很可爱。她热泪盈眶地伸出手说:"可以把你们的名字告诉我吗?真的非常感谢你们救了我的孩子。"

特鲁普很认真地把船上的每一个人都介绍给切尼夫妇。当听说玛纽尔是第一个发现哈维的人时,切尼太太激动得差点儿冲上去拥抱他。

"无论怎么说,我不可能见死不救呀!我相信如果是你发现的,你也会这么做的。"玛纽尔说。

切尼太太还当着大家的面亲吻了丹的额头,因为她记得哈维跟他说过这是他最好的伙伴,丹的脸瞬间就红了一大片。他们还参观了船上的每一个角落,每到一处切尼太太就激动地流下眼泪。

"大家好!"这时,哈维站在码头上大喊。

"对不起,哈维,你的事情我已经知道了,是我判断失误,请原谅我。你会离开我们吗?"特鲁普羞愧地说。

"您还没给我结完工钱呢,您要赶我走吗?"哈维开玩笑地说。

"我居然把这件事情给忘了,我现在就给你结,你干得非常好,你就像天生就适合……"特鲁普立刻把剩下的钱结给哈维,但是他说着说着就不知道该怎么说下去了。

"你们家有私人火车?"丹一脸坏笑地说。

"要不现在我带你们看看我们家的私人火车吧。"哈维立刻说道,化解了特鲁普的尴尬。

切尼和特鲁普留下来在说些什么,其他人全部都上了私人火车。法国侍女从来没见过这么多人一起涌进火车,吓得尖叫起来。哈维开心地带着大家参观火车，切尼太太还准备了非常丰盛的午餐供大家享用。

两位父亲在"海上号"抽着雪茄聊着天，切尼明白自己不能用金钱去报答特鲁普船长，因为这样，特鲁普船长会觉得自己受到了侮辱，他在等待一个合适的时机。

"其实我真的没有为您的孩子做过什么，我只是让他做一些力所能及的事情。他是个非常聪明的孩子，对数字尤其敏感，两个丹都比不过他。"特鲁普轻声说。

"顺便问一下，您对丹的未来有什么打算吗？"切尼不经意地问道。

特鲁普深深地吸了一口雪茄说："丹就是一个普通的孩子，要是有一天我干不动了，我就让他继承这艘船。"

"你们去过西部吗？"

"坐船的话，我最远去过纽约。丹和我一样没坐过火车，因为对我们来说，水路更适合。"

"我有一个运输茶叶的公司，我觉得我可以先让他走水路帮我运输茶叶，直到他成为一个船长。"

"什么？哈维只说过您是铁路大王，从来没有跟我们说过水路运输的事。要是他早跟我说这些，我想我肯定不会像当时那样对待他。"特鲁普吃惊地说。

"这个事他并不清楚，我是今年夏天才开始掌管格林埃姆货运公司的。"切尼解释道。

"您买下了那家公司？如果我早知道，我肯定会立刻送他回港口的，我错得好离谱。"

"那您愿意把丹借给我吗？我想把他托付给埃尔哈特，应该可以将他培养成大副。"

"把一个孩子交给他带？我想这对他来说，真是太大材小用了。"

"我知道您为哈维做了很多事情，我想这是我唯一能为您做的事情了。"

"这明明是两码事。"

"请您放心，埃尔哈特肯定会好好照顾他的。我们可以让他先当普通的水手跑两趟水路，再慢慢培养他担任一些重要职务。但是这个冬天我想让他先跟着您，等明年春天的时候，我派人来接他。如果到时候您想他了，我会安排你们见面的，不需要您出任何费用。"

"如果您不介意的话，可以来我家和他妈妈商量一下吗？我现在觉得我是在做梦，我不敢相信这一切都是真的。"

特鲁普邀请切尼来到自己的白屋，院子前有一只平底船，里面装满了金莲花。屋子里面有一间带有百叶窗的客厅，这里看上去简直就是一座满是海外奇珍异宝的博物馆。

特鲁普太太身材高大，言行举止沉着稳重，眼神中带有一种坚韧的力量。这种眼神，切尼曾在码头上那些等待家人归来的人的眼中见过。

切尼主动和特鲁普太太打了招呼，但她只是出于礼节淡淡地回了一句"切尼先生好"，然后便不再说话了。切尼看得出来，特鲁普太太平时不擅交际。切尼先是表达了自己对丹的喜爱，然后就开始讲起对丹未来的考虑。

特鲁普太太听到这件事情后，并没有表现出特别的开心，反而有些沉默。因为她的很多亲人都命丧大海，所以她心里是非常讨厌大海的，她希望丹能从事一些与大海无关的工作，但是丹的爸爸却是那样地喜欢大海。在这件事情上，她希望由丹自己来做决定。

丹听到这件事情后，一口便答应了下来。切尼这才舒了一口气，因为这样，丹的前路虽不会是风平浪静，但将是一片坦途。其实丹并没有想得那样长远，他只是觉得这样一来能看到更多的港口。

切尼太太私下想给玛纽尔一大笔钱作为报答，但被玛纽尔拒绝了。切尼太太说："不管你要不要，我都会给你的。"玛纽尔实在不好意思再拒绝，于是建议可以换一种方式来报答。玛纽尔把切尼太太介绍给一个葡萄牙教士，那个教士手上有一份很长的需要救助的寡妇名单，切尼太太便答应资助她们。

第八章

"海上号"的那个厨师和别人的选择都不一样,他用一个头巾包裹好所有的烹饪工具,然后直接登上了切尼的私人火车"康斯坦丁号"。厨师说:"上天早就在梦里暗示过我,那就是以后我应该跟随哈维。"厨师根本就不在乎"康斯坦丁号"给他的工资是多是少,也没有考虑过以后睡哪儿,更没想过以后会漂泊到哪儿,只要是跟着哈维就行。

不过,火车上面有几个来自巴拿马州的人并不赞成让厨师留下,他们劝厨师离开"康斯坦丁号"。厨师却竭尽全力为自己争取,但那些人还是不同意。厨师走投无路,只好去找火车的主人切尼,希望他能收留自己。

厨师找到了切尼,告诉了他自己的想法。切尼听了之后大笑起来,他认为哈维以后正需要这样一个贴身照顾的男性仆人,厨师可是自愿来的,这样的人会比那些花高价请来的人更加忠心耿耿。所以切尼说:"就让他留下来吧,就让厨师正式成为"康斯坦丁号"的一员吧!不要在意他身上的种种缺点。"

事实上,切尼并不是很喜欢"康斯坦丁号",他离开私人火车后,身上就看不见任何大富翁的气派了。现在,他不用去想那些琐事和烦恼时,整个人都变得神清气爽起来。

格洛斯特的每一条大街都是弯弯曲曲的,这条大街的两侧,一侧是码头,另一侧是卖渔船相关物品的商店。切尼和一些大船队的船主进行了商谈,他发现这些船长都是被人雇来的,船员则大部分是瑞典人和葡萄牙人。

切尼对这儿的一切都感到很好奇,他经常会找一些陌生人问东问西,使后来几乎整个海岸上的人都在议论他,大家都想知道他到底是谁,究竟想干什么。

在和人们交谈的过程中,切尼遇到了"渔民的遗孀和孤儿救济会"的秘书,他希望能得到更多的捐款。切尼没有直接表明态度,而是把这些事情交给自己的太太去处理。

切尼太太住在附近的一个临时宿舍里,她告诉切尼:"虽然这里的人们很贫穷,但是他们对人友好、头脑简单,不但热情地欢迎各个地方的人来做客,而且也不会成天想着怎么算计别人。"

"他们那样可不是因为头脑简单,我亲爱的太太。"切尼说,"他们只是知道自己更喜欢过什么样的生活。"

"嗯嗯,这样说才对。"切尼太太同意丈夫的看法,随后她好像想起了什么,"最近哈维整天跟在你身边,我都难得见到他。不过,看样子，你们的关系越来越好了。我觉得我的病情也有所好转了，我不用像以前一样时刻绷紧神经生活了。"

切尼笑着说："这段时间是我人生中最开心的时光。在这次的事情发生之前，我从没真正了解过我们的儿子，我以前真的是太忙了，没有关心他，也很少管教他。不过现在，我相信哈维以后会是一个好孩子。"

切尼太太赞同丈夫的说法，她感到很幸福，挽着丈夫的胳膊朝着码头走去。

这段时间，哈维和切尼简直形影不离，切尼还总是喜欢找机会把手搭在儿子的肩膀上。同样，哈维也越来越喜欢和父亲在一起散步、交流的时光，他发现父亲对新鲜事物的接受能力和理解能力都非常强，他总能从陌生人那里学到很多东西。如果碰到了他不熟悉的领域，他会非常认真地去研究，直到弄明白为止。

当他们从一间索具装配工棚里走出来时，哈维好奇地问爸爸："您是怎么让那些人将自己的经验毫无保留地告诉您的？"

"当一个人有独当一面的能力时，别人也能很轻易就看出来，当别人看见他的能力和努力后，自然就很愿意接受他，并且帮助他。"

"就像特鲁普他们对待我一样，不过我现在突然离开的话，他们一定很难过吧。"哈维说这话时有点儿伤感。

"那就让他们伤心几年吧，因为你必须要接受正规的教育，我相信你们以后一定有机会再相见的。"

"嗯，我也是这样想的。"哈维难过地回答。

"儿子，每个人的人生都要靠自己。"切尼看着哈维说，"你也知道，如果你不愿意听我的话，那我怎么样也不可能将你培养成才。"

"您说得对。"哈维点了点头道，"对了，您一共花了多少钱把我养大？"

"这可不好算，大概有四五万美元吧，也许更多。"

"您不觉得这些钱都白花了吗？"

"当然不是，在我看来这是一种对你的投资。"

"就算您抚养我的费用只有三万美元，我捕鱼赚的三十美元也只有抚养费的千分之一，我赚的钱是不是太少了啊？"

切尼听到哈维这话后哈哈大笑，差点儿掉进水里去。

"我听说，在丹十岁的时候，特鲁普就从他身上获得了比这多很多的回报。"

"所以你把他当成努力的目标？"

"倒也不是，事实上我还没有什么目标和计划，我是不是很欠教训？"

"我是绝对不会打你的，如果我真那样做了，估计你会恨我一辈子。"

切尼从包里拿出一支雪茄点燃，接着对哈维说："你依然可以选择像以前一样生活，我会给你足够的零花钱，安排你接手家族的产业。"

哈维一口拒绝了这个安排："以前的生活太枯燥无趣了，我也不想在遇到困难时只知道躲在父母身后，我想要通过自己的努力去追求想要的生活。"

"那你就先到我公司里干吧,儿子。"

"一个月十美元?"哈维问。

"对啊,一美分也不会多给你的,除非你有能力为公司赚到更多钱。"

"我想从打扫办公室卫生开始,可以吗?据我所知,有很多成功人士都是从这些小事做起的。"

"你说得对,不过我觉得你没必要这么小就急着赚钱,我以前就因此犯过错误。"

"所以只挣了三千万,是吗?"

"因此我失去了很多,当然我也得到了很多,我来跟你讲讲吧。"切尼摸了摸胡子,讲起了自己过去的事。他的声音沙哑但富有磁性,从他脸上看不出任何表情。

切尼跟哈维讲起了自己是怎么从一个举目无亲的穷孩子,经历了一次次的磨炼和挫折后,最终成就了现在这番事业。

听故事的时候,哈维的双眼始终紧紧盯着父亲的脸。父亲说的每一句话、每一个字,都深深地震撼着他。

"您真的是太了不起了!我真是为您感到骄傲!"哈维崇拜地说。

"刚刚我讲的都是我得到的,现在让我们来看看我失去的东西吧。你现在也许会觉得失去的东西并不重要,但等你长大后就会懂了。尽管我很会管理,但这些管理经验需要我用一生来积累,而那些一开始就接受过高等教育的人,就不用浪费那么多时间去苦心钻研,关于这一点,聪明人一眼就能看出来。"切尼摇头叹息着说。

"我怎么看不出来?"哈维想,爸爸一定是谦虚才这么说的。

"等你读了大学之后就能看出来,虽然我会管理人,我取得的成绩在我从事的行业里也还算不错。可是,我在受过高等教育的人面前就是个粗人,我可能比他们富有,却没办法让他们心服口服。你现在会觉得不以为然,但是我希望你能早一点儿明白这些道理,不要到了我这个年龄才懂。所以,你一定要去读大学,先学到知识,再来继承我的产业。即使将来工作了,你也应该抽空多读书,勤读书的人往往会得到更多的回报,同时收获更多的知识。"

"看来我必须要去大学里待上整整四年了,这可真是个赔本的买卖。"哈维不是很赞同地说。

"没关系,你可以把它看成一种可以得到很高回报的投资。你可以好好思考一下我说的话,不用马上答应我。"

这是父子之间最亲密的一次谈话,所以哈维并没有打算把谈话的内容告诉妈妈,切尼也赞同他这样做。

"你们父子俩去哪儿了?"切尼太太面带微笑,迎接回来的丈夫和儿子。

"没去哪儿,我们就随便聊了聊。"这对父子异口同声地回答道。这个回答让切尼太太有些不高兴,但她知道儿子总会有长大的一天,所以也没有再说什么。

事实上,聊天的时候,哈维就告诉爸爸,他对铁路、矿产、伐木等产业一点儿都不感兴趣,他真正渴望管理的是爸爸新买的船舶公司。如果能得到爸爸的承诺,过一段时间让他掌管船舶生意,那么他保证会认真读大学、循规蹈矩地生活。

"这就像是一笔交易。在你大学毕业之前，我想你的想法还会发生改变。不过，如果你完全掌握了这方面的知识，而且你大学毕业后还是和现在的想法一致，我会同意把船舶公司交给你管理。"

父子俩就这样达成了他们之间的"父子交易"。

"海上号"即将启程去乔治斯，他们不会在岸上待太久。切尼一家人决定参加完当地最大型的纪念活动后，就去和特鲁普船长告别。

纪念活动是一场夏季集会，会宣读这一年中在海上淹死和失踪的人的名单，除此之外，还有一些演讲和朗诵节目。

切尼夫妇和哈维一起参加了这个集会，不过，哈维是和"海上号"的人站在一起的。

当政府官员宣读遇难者名单时，哈维突然想到了从大班轮掉入大海的场景，这让他的呼吸变得困难并浑身发抖。

切尼太太亲眼看见那些妇女在知道丈夫或是儿子淹死的消息时悲痛欲绝的样子，也跟着难过起来，那种感受是她亲身经历过的，不过幸运的是她的儿子回来了。站在旁边的特鲁普太太挽住切尼太太的胳膊，让她靠着自己的肩膀，一直安慰着她。

"别挤了！"是丹在说话。这是哈维最后听到的声音，接着他就晕倒了。

"海上号"的人一起将脸色苍白的哈维带出了人群，把他放在休息室的长椅上。切尼太太惊慌失措，一直守在哈维身边。

"我们就不应该来这里。"切尼太太伤心地埋怨丈夫。

哈维很快就清醒过来，当看见所有人都为他担心时，他羞愧地说："我没事，也许是因为我早餐吃了不干净的食物。"

"可能是咖啡。"切尼说，"还好我们就快离开这里了。"

特鲁普船长建议大家去码头，那边的空气更好，会让哈维感到神清气爽。

哈维走到码头看见"海上号"时，刚才那种无法用语言表达的感觉彻底消失了，取而代之的是一种更为复杂的情绪，有留恋、有骄傲，但最多的是不舍。那艘叫"海上号"的双桅船就要再次起航了，不过，这次哈维不能同行。虽然他现在已经成熟了许多，但他还是坐在地上号啕大哭起来。

切尼太太也没有比哈维好受多少，她几乎是边走边哭，特鲁普太太就像哄孩子一样，一直在安慰着她。

"海上号"的人回到了船上，放好行李后，便回到了各自的岗位。哈维亲手将船尾绳解开，"海上号"慢慢离开了码头。每个人心中都有千言万语，却不知从何说起。

"把三角帆和前帆都升起来！"等船乘风起航的时候，特鲁普一边向舵轮走去，一边向码头大喊，"再见了，哈维！我们会想念你们一家人的！"

"海上号"慢慢远去，哈维已经听不到船上的呼喊声，哈维一家和特鲁普太太一起看着"海上号"驶出码头，直至消失踪影。

一晃好几年过去了。

这天，在美国的另一边，一个年轻人穿过薄雾，走在一条两边都

是豪宅的大街上。奇怪的是，那些房子明明都是木头搭建的，看起来却像是用石头砌成的。

这个年轻人走到一扇大铁门前，忽然停下了脚步，另一个年轻人骑着马迎面向他走来，他的那匹马估计一千美元都买不到。

"你好，丹！"

"你好，哈维！"

"你现在过得怎么样？"

"挺好的，这次出海我就是二副了，你的大学生活是不是也快结束了？"

"对啊，总算是熬到头了，明年我也可以开始自己赚钱了。"

"是来管理我们的那些船吗？"

"当然了，你就等着我来治你吧！"

"我倒是很想试试。"丹笑着说。

哈维跳下马，拍了拍丹的肩膀说："你现在有空吧？要不要到我家坐会儿？"

"我就是在接到电报后，专程赶过来的。对了，那位厨师还在吗？总有一天我要把他扔进水里，谁让他……"

丹正说着话，就听见一阵得意的笑声，"海上号"的那位厨师从雾气中走了出来，接过哈维手中的马缰绳。只要是与哈维有关的事情，他一定要亲自打理，不允许任何人来插手。

"这里的雾和大浅滩的雾很像吧，大师傅？"丹赶紧改口说。

厨师并没有马上回答，先打量了丹一番，才拍了拍他的肩膀，再次说出他的那句预言。

"主人——仆人，仆人——主人。"厨师说，"丹，还记得我之前说过什么吗？"

"好吧，算你预言对了！"丹撇着嘴说，"无论如何，我都要感谢'海上号'，它是最了不起的一艘船！当然这也要感谢我的爸爸！"

"我也这样想。"哈维点了点头说。

哈维和丹互相看了一眼，随后都大声笑了起来。

"你现在和当年可是大不一样了。如果我爸爸能来看看你，他一定会很高兴的。"丹看了哈维一眼说。

"谁也不能阻止'海上号'继续前行！我也很想念特鲁普船长，但我知道他一定还在大海上忙碌呢。我觉得他就是征服大海的英雄，好像他就是为海而生的。"

"那我们应该都是英雄！"

小镇里的女人们依旧会在大船归来的时候等在码头上，等候出海的家人。一只海鸥飞过码头，落在了"海上号"的桅杆上。这艘轮船依旧在波涛汹涌的海面行驶着，船后不远处跟着一群灰色的海豚，它们正在为"海上号"欢呼跳跃。

第二部分 / 诗歌集

1. 深海之索

高处,金属的遗骨在离散,

沉缓,在不可及的远方,

剥落着锈蚀的鳞片,

坠入浓稠如墨的虚无,

这片绝对黑暗的海底荒漠,

是视觉的坟场,海,袒露着冰凉的胸膛。

寂静吞噬了所有,

在深渊的流沙之漠,或在无垠的、

爬行着藤壶巨链的、铅灰色淤积层上。

此处,在洋脊的嶙峋之上——

此处,在永恒的静谧中央,

声音，以及人发出的一切声音，
悬浮、流转、冲撞——
哀鸣、狂喜、贪念、颂扬——
在黑暗里碰撞出微弱的光，
某种未知力量搅动了永恒的寂静。

它们唤醒了沉睡万年的深渊，
它们切断了时间的脐带，
它们汇聚在这日光永不能抵达的领域，
它们凝结在光焰熄灭的地方。

安静！无形之物在终极的荒芜之上，
为此刻定夺，
一个新的句子正在悄然弥散：
"我们终将成为……"

2. 海夫人

她住在靠北的门扉，
她是一位富裕的夫人；
她哺育了远航的孩子们，
一个注定漂泊的族裔，
将他们交付给无垠的蔚蓝之渊。

有的没入了永恒的深壑，
有的凝望着陆地的轮廓，
为倦怠的她，带回零星的音信，
而她所放飞的，多是杳然的失落。

因她坐拥屋宇、暖灶与田地，
她有窗棂、沃野和园囿，
便差遣孩子，去追逐迷茫，
这是苦涩的收成。

她派遣孩子们，去耕耘起伏的浪涛，
去驾驭林木孕育的坐骑。
当孩子们终于归航，

海的辽远便紧随其后，化作无边的倦意。

慈蔼的夫人，当孩子们返还故港，
掌心只余微薄的馈赠，
但远航者的史诗，
已在陌生、裸露的疆域，借远航者的口舌传扬。

远航者的呼吸，交换着同一阵风，
视彼此为同源的枝叶，
远航者的眼瞳，在潮汐翻开的墓志铭里，
被彼此读作存续的印记。

他们盈于奇诡的见闻，
却又匮于世俗的锱铢。
无论齿间曾咬住何种瑰异珍宝，
终会为生存的利齿再次出让。

无论他们是否被浪花带走了生命，
抑或是否将心中的渴望付诸于现实，
都向炉火旁假寐的夫人低语、诉说，
他们细数着所有的往昔。

她的炉膛足够宽阔，

容得下风在此舞蹈，

海风拨弄着膛中的白灰。

潮起，潮落，在涨退的韵律里，

她的孩子们离去，又再返程。

（离去时，他们背负沸腾的憧憬，

在无径之途为欲求奔忙；

归来时，他们怀抱着比金银更珍贵的感情，

以及，生命燃尽前散逸的微温。）

有的归途萦绕失落的薄暮，

有的沉入不眠的幻境。

那些盐渍的影子，跨过粗粝的屋脊，

唯求她听见踏浪的归音。

家。他们归来，

或存或殁，自万水千帆。

夫人的孩子们终将归航，

因她用无形的丝线，

系住了那些在风暴中旋转的罗盘。

3."特雷德潜艇"

钢铁的身躯,忍耐着刻骨的冷寂,
只为无愧于脊背上沉默的符记。
它们假装成失明的人,
在幽闭的罐子中,
时而追踪云中巨兽的倒影,
时而测绘雷区,或刺探冰原的裂隙——
这便是"特雷德潜艇"的日与夜。

战利品法庭从未为他们开启。
它们鲜少拖回猎物的残躯。
只凝视着水下的秘密,
升沉间,远离喧嚣的潮汐。
当它们滑入黑暗的甬道,
没有战旗,比落叶更悄无声息——
这便是"特雷德潜艇"的礼仪。

侦察舰的烟囱在身后烙下火痕,
巡洋舰的螺旋桨高歌着航迹。
但唯有浮沫的标记,

或消融的油晕，会昭示

那独眼死神游弋的疆域——

这便是"特雷德潜艇"的古老印记。

他们的渴望、名姓与归途，

被至亲封存于静默的深处。

没有欢呼，亦无谩骂，

没有铅字会记载他们的征途。

当它们自突袭或巡航中浮现，

功勋沉入海底，胜利归于虚无——

这便是"特雷德潜艇"注定的命途。

4. 钢铁的箴言

来自地底矿脉的沉睡者，被唤醒，

在烈焰熔炉中，获得最初的认知。

浇注、锤打、切削、校准——形态被赋予，

磨砺、雕琢、定型，直至精准无比。

仅需水、煤、油，微末的滋养，

便能迸发骇人的伟力，日夜奔忙。

若你有所驱策，交付指令，

我们便永不停歇，不知疲倦地执行。

拖曳重物，牵引前行，

托举高空，推动巨轮，

印刷文字，开垦土地，

编织经纬，点亮光明，驱散寒冷。

陆地疾驰，水中潜行，天空翱翔，

运算、阅读、书写、观测、聆听——无所不能。

欲访天涯挚友？何须亲涉万里。

告知其姓名、国度、城邑，

片刻等待，问候便化作电光，

穿越苍穹，抵达彼方，声影俱彰。

若有回音，或有所求？
子夜时分，你亦可跨越汪洋。
七万铁骑，万千机枢，听候差遣，
迅捷的航船，时刻待命于港湾。

看那码头，庞然巨舰静伏，
"毛里塔尼亚"号傲立，如海上都市。
只待船长令下，扳动机关，
九重甲板的城邦，便破浪向前。

欲令群山褪去青丝，献上伐倒的森林？
欲使河流改道，扭转它的行程？
抑或祈望，荒芜的原野化为金色麦浪？
我们皆可达成，只需一声令响。

渴望铺设云中管道，
汲取雪域不竭的深泉？
引水入城，驱动工厂电车，
灌溉果园，川流不息，昼夜不断？
交付炸药与钻机，静待轰鸣，

铁岩崩裂,山体倾颓。
焦渴的荒漠,终将被碧波淹没,
筑坝成湖,山谷化作明镜澄澈。

但需谨记,钢铁遵循的法则:
它们被铸造,不解谎言为何物。
无爱、无悯、无宽恕之能,
若你失误,殒命的唯你自身。

其力超越凡俗,凌驾诸王——
请在它们的权柄下,保持谦卑——
我们可以重塑万物的模样,
世间万象,皆属其类!

5. 故人

我曾有过一些故人——
梦中却见他们尽皆凋零。
他们常提着灯笼起舞，
环绕在一个小男孩的床边，
绿与白的光在夜的潮汐里浮沉：
而我，早已不见萤火虫的微光。

我曾有过一些故人——
他们发间的花冠在空气里飘荡。
他们常俯首低语，
当一个小男孩经过身旁，
仿佛坚果开始滚动，
微风悄然拂过，
而我，早已不见可可树的婆娑。

我曾有过一位故人——
来自遥远的岬角之滨：
肩头负着一袋煤尘，
在一个小男孩降生时来临。

他倾听我牙牙学语,

助我成长,教我生存,

而我,早已不见南十字星群。

我曾拥有一条船——

我驾她远航,

让她永不停歇,

直至看清梦的虚妄,

我的故人依然在世,

椰树真实挺立,南十字星确凿无疑,

萤火虫依旧飞舞——

于是我的心,也随之跃起。

6. 风暴中的歌

这已确证：那永恒之海，
向我们立足之地发动了进攻，
纵然今夜，轻佻的风与臃肿的浪，
将我们拽入它们的嬉戏。

仰仗星辰，而非蛮力，
我们在险境中把定方向。
来吧，迎接命运那粗粝的造访，
借此，方能昭示——
在每一次倾覆，
与每一次被托起的瞬间，
为何玩家总少于游戏，
水手总少于漂流的船只。

驶离浓雾，驶入昏暝。
微光点点，碎浪奔涌。
这些无知无觉的水奔忙着，
仿佛拥有了完整的灵魂。
仿佛它们已歃血为盟，

图谋,以无垠的绿吞噬我们的旌旗。
来吧,迎接命运那粗粝的造访,
借此,方能窥见——以及……

这已被完好地验证,
纵然风浪积蓄起凶暴的力量,
我们依然看守着被指派的哨岗。
必须持守,一再持守。
当漂泊的船一次次降伏于
波涛断奏般的冲击,
我们放歌,迎接命运那粗粝的造访,
借此,方能辨认——以及……

无妨,纵然甲板被席卷,
桅桁被撕扯成碎木,
所有破损皆可修补,
所有的损失恐怕都能弥补。
因此,在群魔与深渊的间隙中,
应当大张旗鼓地吹响号角,
迎接命运那粗粝的造访,
借此,方能寻觅——

这已被完美地验证，

纵然我们力量微渺，

无凭依，无倚靠，

但恰在那个瞬息，机遇与方位相交，

为求生，我们奋起搏击，

直至风浪瓦解了束缚我们的一切，

我们的职责与使命所系。

来吧，迎接命运那粗粝的造访，

借此，方能认清——

在每一次倾覆，

与每一次凯旋的时分，

为何玩家总少于游戏，

水手总少于漂流的船只。

7. 倘若

倘若众人皆已昏聩，独责于你，
而你依然清醒，守住方寸；
倘若众人皆疑你，而你仍坚信自己，
却也为他们的疑心留有余地；
倘若你能等待，且不因等待而倦怠，
或遭诽谤，却不以谎言相待；
或被憎恨，却不以憎恨回应；
更不故作圣贤，亦不夸夸其谈。

倘若你能筑梦，却不被梦境奴役；
倘若你能思考，却不止步于思考；
倘若你能直面凯旋与灾难，
将这两个骗子等同视之；
倘若你能忍受，亲口道出的真理，
被小人扭曲，沦为愚人的陷阱；
或目睹毕生心血，轰然倾圮，
俯身拾起钝器，默然重建。

倘若你能将所赢尽数堆聚，

孤注一掷于命运的骰子，

若输光，便从头再来，

对损失绝口不提；

倘若你能强令心力、神经、筋骨，

在它们枯竭后，仍为你效力，

当体内空无一物，唯余意志，

向它们低吼："坚持住！"而你屹立。

倘若与群氓交谈，不损操守；

与君王同行，不失本色；

倘若仇敌挚友皆不能伤你；

众人皆重，然无一人过重；

倘若你能填满那无情的一瞬，

以分秒必争的疾驰飞奔——

那么，天地万物尽归你，

更重要的——我的孩子，你将成真正之人！

8. 银鬃之舞

何处是孩子们撒欢的地方？

何处是你哺育的地方？

在冰冠嶙峋的崖壁攀缘，

或走过海藻编织的绒毡，

匿身于海图未标的礁脉与海峡，

或沿着岸线铁铸的樊篱旁。

最可能，是跃入了身披紫霞、与星絮絮私语的渊底！

谁攥紧你脊骨后的缰绳？

终末的飓风正将我的自由放牧。

何种丰饶填满你无形的槽臼？

整片大洋，永远咀嚼不尽的浩瀚，

在涨落之间，潮汐的夹层里，

矗立着宏伟的、储藏生死的库房。

迎向我们的，存下他们的形骸，

逃离我们的，存下他们的余悸。

远方，孤绝地，峙立于波峰间的，

一匹骏马，以雪浪喂养逐风的羽翼，

发出渴念的嘶鸣,索求新的草场,
召唤我们投身涡流的回旋里。
亿万枚光洁的蹄铁奔雷——
将凝固的山峦轮廓撞碎——
狂乱的银鬃欲冲破所有樊篱,
向深渊索求它们的筵席。

我们的先导桀骜不驯,
勒紧潜于惊涛下的鞍鞯——
刺破巨蹄践踏诱发的迷烟,
卷走前方的残响,
百支水师借风列阵推进,
深海却始终翻涌着涡旋,
无数滚轴呻吟着转动,
向这片海域输送永不枯竭的兽群。

谁敢探手钳制你的鼻环?
揪住你飞扬鬃毛的,是谁?
他们甚至,以沉重的臀压制我们,
骑士们已然降生,无所畏惧,
他们在高处窥伺我们的狂舞,
在我们奔袭的道路上布下圈套。

他们熟识这些雄健的银鬃,

从先祖到子孙。

我们在他们的摇篮边呼吸,

我们与他们的孩子竞逐,

我们对着他们的门扉嘶吼,

我们用鼻子轻蹭他们的阶梯。

白日里舰队压境如铁网,

黑夜中兽群嘶鸣裂空,

扬鬃吧,驾驭那些智慧的银鬃,

去呼唤他们,将沉溺的迷梦驱逐。

应你召唤,他们可曾前来?

凡俗的才智终将湮灭无踪。

一片喧嚣,俯临在先人的墓碑,

他们听见,脱缰的银鬃嘶吼如洪。

这些被浪刃致残者的后裔,

这些被潮头吞噬者的子孙,

狂野的浪骑士挥鞭振刺,

向潮群颁布前所未有的训令。

你们为他们偿付何种辛劳?

喔，多疑的、强健的骏马！
我们排开，将孱弱者逐出阵列，
容不得分毫懈怠与彷徨。

尽管栖居的礁岸日益逼仄，
脊背雪白的头领仍在巡逻，
在战利品堆砌的堤岸站岗，
用雾纱遮蔽他们的路径。

前进，回旋，再前进——
被向下旋卷的力支配——
连散兵都列成战斗的楔型，
我们反复叩击被选中的岸台，
而他们对潮的呐喊置若罔闻，
轻描淡写地将闯入者抛向云巅，
这些狂野的浪骑士，
安睡在马桩深处的寂静核心。

托付你们，那一个个凝结的空寂——
托付你们，那阵呼啸的风息——
托付你们，那片呜咽的潮汐——
我们的阵列紧紧追随你们！

碾碎敌对者的队列，
浇熄他的战意，折断他的桅杆——
托付你们，不羁的银鬃，
这奔腾属于大海！

9. 特鲁·托马斯的最后一曲

金杯已备,权杖在手,
马刺铿锵,宝剑悬腰,
君王欲将绶带赐予特鲁·托马斯,
只为那些他自荆棘间创作的曲调。

他们翻越石楠覆盖的荒丘,
踏遍溪谷每一寸苔痕。
终在乳白荆棘旁寻得他身影——
那荆棘是守护他的永恒卫兵。

脚下小径如蛇蜿蜒,
头顶苍穹湛蓝如洗,
他们的目光被风攥紧在掌心,
竟未看见山脊游走的雌鹿——
啊,她们是秘境的女王!

"停下你的曲子吧,"国王开口道,
冠冕上的红宝石在暮色里晃出涟漪,
"整好你的斗篷,准备立下誓言,

我将赐你绶带,擢升为爵士,
赐你黄金马刺与闪耀徽记。

"我要赐你踏云的骏骑,
赐你纹章、银马刺、百名甲士与仆从,
赐你磐石城堡、世袭的麦田与权柄,
再让你任选一片海雾笼罩的领地。"

特鲁·托马斯指尖拂过琴弦,
面朝赤裸的天风微笑,
看蒲公英冠羽逐流云嬉戏,
如星子挣脱了天穹的镣铐。

"我早已在天地立誓,
那誓言比苦艾更涩,缚住我的舌与腕。
我曾在无风的长夜坚守,
那里连百名勇士都只能跪着逃离。

"我的矛是用火山的动脉锻打的,
我的盾是用月海的寒冰浇铸的,
我的骏马赢自地心千寻之渊,
深埋在泥土下三千尺的暗河。

"我要踏云的骏骑做什么?
要削铁的宝剑做什么?
它们只会让我指上的戒指坠入尘埃,
让我与血亲断了音讯。

"纹章与绶带能温暖寒夜吗?
城堡、翎羽、田产与俸禄——
甲士和仆从能替我拨动琴弦吗?
你说呢,我的陛下?

"且看我将它们掷向八方——
掷向那永不可抵达之处,
我的欲望会自那里消失,
掷给啜饮雨水的焦土,
掷给晨昏交际的微光,
直到所有投掷之物,
随大地呻吟归返,
随海潮私语归返,
带领迷途者重返此处。"

国王咬了咬嘴唇,

手掌重重砸在雕花的马鞍上,
震落几粒铜锈:
"我以灵魂起誓,特鲁·托马斯,"他说,
"封爵的礼节配得上你的琴弦。

"爵位和绶带于我不过秋叶纷扬,
我可以将它们大批大批地授予出去,
受封者世代在我面前俯首如羔羊,
还会为我的子孙们提供庇护。"

"你那些立正稍息的爵士们,
连同你所有的骨血,与我何干?
在他们赢得星辰之前,
早被光阴的镰刀割成了草屑。

"我终将会自己赢得荣誉,
如雕塑般立于你左右,
只会让我受尽嘲笑,
那时候的我是在教堂内吟唱,
还是在无人的街头与疯狗一起奔跑。

"有人赠我无数的黄金,

有人赠我数不尽的白银,

但也有人只会给我半盏残羹——

我皆为之而歌,

但最清冽的调子,

永远献给那半盏残羹。"

国王将一枚苏格兰银币掷在石上,

银币打着旋,映出半轮残月:

"若我只携穷人的赠礼,

特鲁·托马斯,你可愿为我拨弦?"

"当我为孩童们弹琴时,

他们会用沾着莓汁的手搂住我,

而你算什么呢?"特鲁·托马斯昂首诘问,

"你骑在马上时,别人就得站成桩?

"从你的骏马上下来吧,

你的话语太喧嚣,像风撞在钟上,

我这就为你奏三小节的曲子,

若你敢,大可在此逮捕我。"

国王翻身下马,

脊背靠着一块布满星斑的石头，
"当心了，"琴弦铮然颤鸣，
"此音将穿透你的肋骨，直抵心渊！"

特鲁·托马斯的手指在竖琴上起落如蝶，
仙琴的音波织成纱，滤去人间的尘埃，
第一小节的音符细如蛛丝，
渗入君王傲慢的耳朵，
自他眼底凝成奔涌的泪水。

"哦，我看见遗失多年的爱，
触摸到无法言说的真诚，
所有藏在耻辱里的劣行，
都化作小蛇朝我嘶鸣。

"正午的太阳骤然崩殒——
末日的獠牙啃噬着我！
特鲁·托马斯，快用你的斗篷盖住我！
死亡岂是我应得的宿命！"

脚下小径如蛇蜿蜒，
头顶穹苍湛蓝如洗，

空茫的原野，奔流的河川，
只有发烫的石楠、坍圮的墙，
日头正为蝮蛇孵化卵壳。

"放轻松，"特鲁·托马斯说，
"万物终局，自有天裁，
但容我奏响更深的旋律，
驱散你心头的阴霾。"

他俯身弹奏琴弦，
指尖下音波荡漾，
第二小节的旋律升起时，
国王听见了战马的轰鸣。

"我听见盔甲碰撞之声！
我看见矛尖挑破晨雾，
利箭自蕨丛呼啸离弦！
召集骑士！吹响号角！

"我要集结大军，发动战争，
让骑士们跨马挺矛，
空中的纸鸢将见证厮杀，

不输给边境任何一场血战。"

脚下小径如蛇蜿蜒，
头顶苍穹湛蓝如洗，
低垂的草浪，徒劳的风摇着铃，
一只老鹰正扑向惊飞的喜鹊。

特鲁·托马斯伏在琴上叹息，
将最后一段旋律凝在中央的弦，
当第三小节的音符绽开时，
国王绽出青春之色：

"现在我是年少的王子，
敢爱任何想爱的人，
与友伴并辔而行，
跟着鹿群，对马儿低语。
"我的猎犬朝着死亡吠叫，
雄鹿倒在血泊里，伤口像灼热的唇，
我的爱人倚在窗前等我，
好为我洗净双手。

这般生活令我满足——

（啊！我在她眼底看见了天堂！）
与初人并立伊甸的微光，
奔跑在永恒的密林中央！"

脚下小径如蛇蜿蜒，
头顶穹苍湛蓝如洗，
风徒劳地摇着铃，河奔流不止，
关卡已开，道路铺平，
红鹿回过头，等着身后的脚步声。

特鲁·托马斯将竖琴倚在石上，
躬身握住马镫与缰绳，
扶国王登上那匹骏骑，
他的声音混着风与弦的余韵：

"让你睡去，还是唤醒？
你坐在此地沉思太久，
让你睡去，还是唤醒？
直到最后的睡意降临——
我相信，你不会忘记这支曲子。

"我的琴声来自太阳，

在你面前投下暗影；

我的音符落在你脚下的尘土，

我的旋律遮住你头顶的天光。

"我的琴声扰动了你的灵魂，

它会送你升至众星之庭，

也会让你坠入深渊之中——

而你——竟想——用——绶带——锁住——我！"

10.战争墓志铭

奉献之平等

甲:"我是存在。"

乙:"我是否定存在。"

(合)"你正献出何种我未奉献的牺牲?"

一个仆人

战前我们已相伴,
战事兴起仍相依。
他是我称职的仆从,
作为男子更显坚毅。

一个儿子

我的孩子在欢笑时陨落,
我多想知晓那笑意的缘由,
或许它能在我悲恸时将我逗乐。

一个独子

除了母亲，我未造成任何伤害。

她（为加害者默默祈福）因我心碎而逝。

前职员

莫怜悯！这怯懦的囚徒，

军旅赋予他自由，解脱枷锁。

因此自由，他寻获力量、意志与灵魂；

借这力量，他见证热爱、欢愉与赤诚；

因这热爱，他奔赴死亡，

心满意足地安息于永恒之榻。

新生

我全然臣服于严酷的训诫，

敞开心扉接纳全新的灵魂。

若凡人能一次次重塑自我，

还有何事，是上苍无法成就？

懦者

我无法直视死亡，

他显身于众人眼前，

他们蒙住我的双眼，

引我孤身走向他的深渊。

休克

忘却了：姓名、言语、自我。

妻儿探望时，我视若无睹。

我逝去，母亲亦随之凋零。

在她怀中，

唯有她的呼唤，让我重忆往昔。

开罗附近的墓冢

尼罗河的守护者啊，

此处安息者形貌粗鄙，

请远离他！他不知敬畏，亦无羞耻。

荒野中的鹈鹕

（哈勒法附近的墓冢）

风沙将我掩埋，

无人知晓我的所在，

子女无法为我哀悼。

飞吧，黎明时分振翅启程，

不等夜幕降临，

你便能穿越沙漠，回到幼雏身旁。

两个加拿大人的纪念碑

1

我们毫无保留，奉献所有战利品，

谢绝哀悼，退回荣誉。

唯有不可磨灭者，在万物中重生：

并非死亡的终结，而是恐惧的余烬。

2

从远方岛屿的小镇启航，

为挽回尊严与世界的荣光，

在远方岛屿的小镇长眠，

只愿我们为你守护的世界永恒不变。

礼遇

死亡从一开始便待我宽厚,

知晓我早已厌倦等待,

待助胜者解脱后如约而至。

在原野呼啸,自报家门后宣告:

"你的旅程已尽,"他说,

"但至少,我将留下你的姓名!"

新兵

那是我服役的第一日、第一时,

在前线,我从战壕边缘跌落。

(一群嬉戏的孩童惊起,

目睹了这一切的经过。)

空军少年(十八周岁)

笑声穿透云层:

这个乳牙未脱的少年,

从空中向城市与人群播撒死亡。

任务完成后,他重返游戏,

天真无邪如潮水退去后的石粒,重归心灵。

斯文人

我心思机敏,为欲望铲除一切阻碍;

我深谋远虑,为目标舍弃所有情义。

追求欢愉何错之有?愿世人皆受审判!

我,已遵照契约,以生命偿还代价。

伦敦大空袭

陆地与海洋我皆戒备,

勉强才能避开刀兵,

却未料灾祸自天而降!

困倦的哨兵

我守护的,并非信仰:

此刻,再无守护的必要。

因深夜沉睡,我被终结了性命:

如今,亡者终于可以安息。

莫再责备我,

无论如何,这班岗已完成。

我因被杀而沉睡,

他们因我沉睡而杀我。

弹药补给小组

若有人执意于车间为我们哀悼,

请念悼词:

他们赴死,只为换取轮休的假日。

惯例

若有人问及我们为何奔赴死亡,

告诉他们,因父辈谎言的指引。

一个死去的政客

我不敢偷窃,亦不敢掠夺:

唯用谎言,取悦众生。

如今,所有谎言皆已败露,

我必须直面那些被我所害之人。

该编造何种故事,

才能平息受骗青年的怒火?

反叛者

若我曾在你门前恳请生命,

力陈衷肠,愿投身尘世,

即便,即便,人生遍布陷阱,

啊,你竟如此眷顾我,

唉,我却轻慢了你的恩泽,

在加入死者行列之前。

但如今?……那时宿命之星未临,

我的命运尚在你掌中蛰伏,

如今,星辰已过境多时,

我出庭,为我对你的冒犯请罪。

顺服者

每日,尽管神火未曾照耀,

我仍坚持奉献。

尽管黑暗不曾离去,

尽管光明再无可能,

尽管,上苍从未赐福。

驶离塔兰托港的拖网渔船

他来自寒风凛冽的北方,

驾驶航船,

指挥同伴搜寻,

需用虚无孕育的死亡之卵。

打捞无数后,

这特殊的渔业终结于火焰,

生者的喧嚣太过刺耳,

终被敏锐的雷达察觉。

两艘相撞的驱逐舰

命运划定的航线与浓雾的迷障,

无法能解,无光照亮。

我匆忙离去,急欲迎娶新娘,

却被大海吞噬,丧命于挚友之手。

护航舰

我是海上的牧者,放牧愚者。

他们的英勇与怯懦皆无来由,

莽撞乖张，违背我的规则，

他们得以脱身，我却被死亡滞留。

无名女子

我的陨落令人心惊。

恳请所有，女人的子嗣，

务必知晓我也曾是母亲。

萨洛尼卡墓地

眼看着，

千万个日夜缓缓流逝，

坠入夜幕。

如今，我亦如此，

渐渐沉入黑暗。

热病来袭，无关战事，

未费一枪一弹，终结我命。

新郎

亲爱的，莫要叫错我的名，

哪怕，你心中溜走失意的光阴，

哪怕我暂憩于他人怀中。

此刻，与我冰冷相拥的是更古老的新娘，

她属于永恒，

唯有你的面容，能令她退让。

我们的婚姻被长久搁置，

幸福的奇迹总在推迟。

但最终时刻，必使它圆满，

我们的结合，如天地般不可分割。

我们将在记忆之国长存，

似仍有望被生命治愈。

虚无中，不熄的意念星火，

让死亡的不朽，成就你我的不渝。

VAD（地中海区域）

唉，快艇未能抵达，

年轻的女子溺毙于爱琴海的冷峻礁石间，

无子嗣，无伴侣，

无人为她哀悼，祈求天际垂怜。

而异乡人虽在她的看护下康复，

驾舟返乡，

但这于她，又有何益？

演员

（埃文河畔斯特拉特福圣三一教堂纪念碑）

为博君欢，我们曾粉墨登场，

演绎他人的悲喜：如今我们归于尘土。

恳请宽恕我们的不足与过失，

毕竟在命运终章前，我们始终是您的仆从。

新闻人

（新闻行业协会大厅墙面）

我们每日服役，今日任期已满。

11. 手艺人

在美人鱼客栈的狂欢余韵里,
他向傲慢的人倾诉衷肠,
酒液从嘴角滑落,仿佛在赞美时光的醇香。

说些什么呢?
说他在考兹伍德的小馆,
遇见了一位女子,
她在醉意朦胧中,爱意如潮水般,
涌向那个卑微的补锅匠。

说他为了倾听吉普赛朱丽叶的低语,
躲过汤玛斯爵士酒店的门房,
在阴沟里披星戴月,
直到黎明揭开面纱。

说他在岸边看见的调皮男孩,
男孩的姐姐,如麦克白夫人般冷漠,
将恐惧塞进他的掌心。

说他从埃文河到斯特拉福德，
疏浚工人们在某个寂静的清晨，
遇见了湿漉漉的奥菲莉亚。

酒滴从指缝坠落，
在桌面堆砌成透明的城堡，
莎士比亚敞开胸怀，
与黎明交换着隐秘的心跳。

伦敦苏醒了，
他跟随影子的脚步，
从沉睡的小巷走向喧嚣的街道……
那些倾注灵魂的表演，
是否在尘世中毫无意义？
他深知，却依然沉醉。

12. 吉芬的债务

曾经的他，是个破产者，
离开了熟悉的圈子，
在酒精中迷失自我。
友情如沙漏中的细沙，
渐渐消逝在岁月的长河。

他融入了一个新的村落，
与不同文化的村民们共处，
他们给予他栖身之所和伴侣，
甚至以"老爷"相称。
他沉溺于酒精与债务，
忘却了自己的身份。

村落的水坝，
用劣质建材堆砌而成，
当山洪暴发，
吞噬了白余名村民，
摧毁了无数的家园。

洪水退去，

他的尸体被老马压在谷底，

人们将他视为酗酒的牺牲品，

短暂的议论后，便遗忘了他。

然而，在村落的山谷处，

新的传说在大坝下流传，

人们讲述着洪水之夜的神秘力量，

一个骑着神马的守护者，

挥舞着狂风般的长鞭，

将村民们带向安全的高地。

于是，他们为他修建庙宇，

供奉着祭品，

传颂着他的英勇事迹，

那个曾经的醉汉，

竟成为了村落的守护神，

甚至可能化身为光明的象征。

啊，多么讽刺！

13. 当世界的最后一幅肖像被描绘

当最后一抹色彩凝固,

最古老的颜料已褪色,

最年轻的评论家也已沉睡。

我们将安息,

等待新的使命降临。

那些勤劳的灵魂,

将在黄金座椅上,

用彗星的发丝作笔,

在十里格①的画布上创作,

描绘心中的理想与真实。

他们不为名利,

只为热爱而工作,

在各自的星空中,

诠释着生命的意义。

---

①旧时用于航海计程的长度单位,1里格约等于6000米。

14. 毛茸茸战士①

（苏丹远征记事，战前时光）

在海洋彼端的遥远之地，

我们曾与众多对手交锋相遇，

他们中有的骁勇非常，

有的则稍逊锋芒：

帕坦人、祖鲁族，还有缅甸的儿郎，

而那浑身毛茸茸的最为勇猛。

与他对阵我们从未占得便宜，

他隐匿于低矮树丛扰乱我们的马骑，

萨瓦金的岗哨遭他巧妙突袭，

我们的队伍被他如琴弦般戏耍不已。

敬你一杯，毛茸茸战士，在你苏丹的居地！

你是未经开化的勇猛之士，

堪称一流的战斗健儿。

若你需要一份认可的印记，

我们随时为你认证标记，

---

① 指苏丹勇士，因其特别的发型而得到这个称呼。

无论何时你意欲挑战，

我们定与你共赴这场竞技。

在开伯尔山巅我们陷入困境，

布尔人于一里之外让我们难辨东西。

缅甸的将士也毫不逊色，

祖鲁武士将我们如猎物般摆列整齐。

但相较毛茸茸战士给予的教训，

这些都不过是轻松的游戏。

报纸宣称我们掌控着战局，

但若一对一地比试，

毛茸茸战士让我们溃不成军、哀声骤起。

敬你一杯，毛茸茸战士，

向你的家人致以敬意；

我们的使命是将你抵御，

这是我们必须履行的责任与义务。

我们以火力向你发起攻击，

公平对决各展技艺，

尽管局势对你不利，

你却依然突破了我们的阵地。

他从未在报纸上留下声名，
没有勋章嘉奖亦无酬劳相应，
但我们必须为他的技艺见证，
当他舞动手中的长柄兵刃：
在灌木丛中穿梭往来，
背负着独特的盾牌与长矛装备，
遭遇战中与他交锋的那一天，
足以让健壮的士兵铭记整年。

敬你一杯，毛茸茸战士，
你的同伴已消失在时光里，
我们本应一同缅怀追思，
无奈我们也失去了众多兄弟。

取舍之间自有平衡之道，
你们的伤亡或许更为惨重，
但你们确实突破了我们的防线。
当我们开火硝烟弥漫，
他已潜入烟尘将我们扰乱。

生前他如炽热的沙与辛辣的姜，

逝去后他的身影仍令人难忘。
他是雏菊般的存在，
是温柔的爱人，
是纯洁的羔羊，
狂热时如执着的行者奔忙，
世间再无第二个他，
让步兵团尝尽了惆怅。

敬你一杯，毛茸茸战士，在你苏丹的家乡！
你是未经开化的勇猛之士，
堪称一流的战斗儿郎，
敬你一杯，毛茸茸战士，
你发丝蓬松如草垛模样，
却凭实力冲散了我们的阵营与荣光！

15. 创造者

（致敬 R.W. 爱默生）
时空织就命运的网，
渺小的人类却勇于反抗——
当时空断言"不可为"，
他坚定回应"我能闯"。

我看见旧日新英格兰的模样，
时空在此威严地伫立守望，
人们为距离修筑崇奉的殿堂，
在每一公里的旅途上。

然而在机械的力量之下，
一支无形之师将陈规嘲笑，
静待既定的时刻降临，
向带来火种的先驱致敬，
赋予他穿透时空的能量，
那曾被深藏的神奇力量。

俯瞰高耸的万塔斯提克之境，

我的灵感如闪电追逐嬉戏，
低调却急切地，
落入我谋划的轨迹。

我留意到两大元素的部落，
空气为一，大地为二，
心念一动与它们融合，
我的新纪元就此破土！

我的愿景很少落空，
尽管常似暂停在途，
每根细杆、每个圆筒，
都遵循着宇宙的法度。

我将原油从深井中引出，
把富兰克林的电流从天际带入，
时空的界限逐渐消退，
人类迎来新的征途。

16. 矛盾

缓缓前行的马车，
随着马匹慵懒的脚步，轻轻摇晃。
在野兔嬉戏的篱旁，车轴转动，
扬起一片水雾，
在那唯一的灯光晕染之中。
他听见身后传来一阵喧嚣——
一声长鸣，一声轰响和一阵嘈杂，
一道强光晃花了眼睛，
一股异味弥漫空中，
仿佛浑浊气息肆意飘散。

他调试着车前的横档，
用力摇响手中的铃铛，
而对远处等候的母亲来说：
听到医生汽车的声响，
就像听见希望降临的声音。

所以，在诗人眼中，
无论何种车辆，

无论是靠马达还是马匹驱动，
本质并无善恶之分，
它既非邪恶的化身，
也不是正义的象征。

17. 一个孩子的花园

如今,我身体有些不适,

大概是得了热病,

就因为这个,

我不得不整天待在外面,躺在花园里。

我们的花园不大,

两边总有汽车驶过:

喇叭声刺耳地响起,

常常吓到还是小男孩的我。

最糟糕的是,

当他们开着那辆颠簸的车带我出去时,

和大客车靠得太近,

我害怕得不得不闭上眼睛。

但当我再次睁开眼,

我看见那架克罗伊登飞机升上天空,

它唱着歌飞往法国,

声音如同急促的琴弦颤动。

等我身体足够强壮,

能够行动时：
我真的很想做这件事，
我再也不坐汽车和火车，
而是要一直坐在飞机上，
一圈又一圈地飞翔，
为了逗弄天上的云朵。
在云端，我看到梦幻的那一边，
对着地上轰鸣的车流，
调皮地做个鬼脸。